書下ろし長編時代小説

天保艶犯科帖
天女の錦絵

八神淳一

コスミック・時代文庫

この作品はコスミック文庫のために書下ろされました。

目次

第一章　路上の幕政批判

一

徳川《とくがわ》十二代将軍家慶《いえよし》の世。

「さあ、さあ、さあっ」

宙を三つ飛んでいた手鞠《てまり》が五つになり、集まった江戸の民から拍手が起こる。

ひとりで五つの手鞠を操《あやつ》っているのは、すみれと名乗った一座の娘である。小袖《こそで》の袖と裾《すそ》を切りつめ、しなやかな二の腕や若さのつまった太腿《ふともも》があらわになっている。

鮮やかな手鞠さばきに見惚《みと》れつつも、男たちはすみれの白い肌にも引き寄せられている。

手鞠の芸が終わると、すみれは一礼する。そのとき、小袖の胸もとが大胆に下がり、乳がのぞいた。

拍手がよりいっそう大きくなる。

次に、若い男がふたりあらわれる。

「よく、いらっしゃいました。あっしは、翔太《しょうた》と言います。今日は、こいつ、五郎《ごろう》の初お披露目《ひろめ》の日です。よろしくおねがいします」

きりりとした顔の男がそう言うと、十代後半に見える若い男が、深々と頭をさげる。かなり緊張しているようだ。

向かい合って立つと、庖丁《ほうちょう》を投げ合いはじめる。刃《やいば》が宙を飛び、柄《え》をつかみ、そして相手に投げる。

集まったおなごたちは、ひいっと息を呑《の》む。男たちも目を見張っている。

ここは両国広小路《りょうごくひろこうじ》の一角。あちこちで大道芸が行われていた。

天保《てんぽう》の改革。老中《ろうじゅう》首座水野《みずの》忠邦《ただくに》が次々と行った施策は、庶民からあらゆる楽しみを奪っていた。華美ないでたちを禁じるどころか、娘たちはごく普通の簪《かんざし》で髪を飾ることさえゆるされず、寄席や錦絵、人情本まで江戸からなくなっていた。

大道芸も禁じられ、町方に見つかれば、すぐに捕らえられた。

ただ、小屋を構えなければ、町方が姿を見せるとともに、すばやく逃げ出すことができる。だから、両国広小路のような人が集まるところに、神出鬼没に姿を見せて、芸を披露していた。

それを見るのが、江戸の民の密《ひそ》かな楽しみとなっていた。

いろんな一座が神出鬼没に姿を見せていたが、その中で、この清太郎《せいたろう》一座が一番の人気であった。

芸が達者なのはもちろんだが、娘たちのいでたちが、やはり江戸の男たちの人気を呼んでいた。

ただでさえ江戸は圧倒的に男が多く、普段からおなごにあぶれている野郎たちばかりだった。岡場所の遊女や夜鷹《よたか》はいたが、玄人《くろうと》である。素人《しろうと》の白い肌を江戸の男たちが拝める機会は、ほとんどなかった。それに加えて、贅沢《ぜいたく》禁止令だ。町で見かける娘たちも質素になり、目の保養すらできなくなっていた。

そこにあらわれたのが、清太郎一座の娘たちだ。清太郎一座が出そうだぞ、という噂《うわさ》を耳にするなり、仕事も放《ほ》っぽり出して、両国広小路へと走る男たちが続出していた。

庖丁も二本から四本にかわり、そして鉈《なた》へとかわる。

大きな刃がびゅんびゅんと飛び交う様は、迫力があった。

集まった江戸の民は、鬱屈《うっくつ》した世をしばし忘れて、一座の芸に見入っていた。

その中に、坂木結衣《さかきゆい》の姿もあった。漆黒《しっこく》の長い髪を背中に流し、根元を結んでいる。腰には一本差していた。

結衣もほかの庶民と同様、大道芸を見ることで気を紛《まぎ》らわせていた。

阿片《あへん》の事件から、三月《みつき》あまりが過ぎていた。

病気で伏せっている父の加減はいっこうによくならず、むしろ悪くなっていた。

そして、倉田彦三郎《くらたひこさぶろう》との関係も進展がなかった。

きゃあっ、と悲鳴があがった。

鉈がまわりを囲む客に向かって飛んできたのだ。

結衣は咄嗟《とっさ》に動き、最前列に立つ娘の鼻先で鉈の柄をつかんだ。しばし静まり返ったあと、おうっ、と歓声があがった。

鉈のやり取りをしていた男たちが駆け寄ってきた。

「ありがとうございますっ」

翔太が結衣に向かって頭をさげる。手を滑らせた五郎は、結衣の前に膝《ひざ》をつくなり、すいませんでしたっ、と大声で詫《わ》びる。

ぎりぎりで助かった娘は腰を抜かしているが、鉈をつかんだ結衣は、平然としていた。

「誰にも間違いはあります。でも、刃物を使っての間違いは、一大事になりますよ」

「はいっ。申し訳ありませんでしたっ」

と、五郎が詫びる。見あげる顔は涙でぐしゃぐしゃだ。

「続けてくださいな」

鉈を翔太にわたし、結衣はそう言った。

「いや、今日はここで……」

「あなたの見せ場が残っているではないですか」

と、結衣は言う。

「あっしたちの芸を、何度か見てくださっているのですか」

翔太の目が輝く。

「あなたたちの芸を見ていると、しばし、この世の憂《う》さを忘れることができます。みなさんも、そうでしょう」

結衣はまわりを囲む江戸の民に向かって、そう問うた。すると、あちこちから、そうだ、そうだっ、と声があがる。

「今、やめちゃ、投げ銭できないじゃないかっ」

と、職人ふうの男が叫び、そうだ、そうだっ、と声があがる。

「そうですよ。あなたの匕首《あいくち》投げを見ないと、投げ銭できません」

「見せてくれっ」

「しかし……手もとが狂ったら」

「あなたの芸はこれくらいで、乱れる芸なのですか」

「いいえっ、違いますっ」

やらせてもらいますっ、と叫び、拍手が湧《わ》きあがる。泣きじゃくっている五郎がさがると、かわって手鞠の芸を見せたすみれが姿を見せる。

すると、異様な空気になる。男たちがみな、固唾《かたず》を呑んで見つめるなか、すみれがさっと小袖を剝《は》ぎ取った。

すると、乳房と恥部だけを隠しただけの姿となる。

胸もとには白い晒《さらし》を巻きつけ、かなり豊満な乳房を押しつぶすようにして包んでいる。股間は、おなごの割れ目だけを隠す、かなりきわどい褌《ふんどし》のようなものをつけただけだった。

ほとんど裸のすみれが的の前に立つ。すると、五郎が林檎《りんご》を持ってきた。すみれが受け取り、自分で頭の上に乗せる。腋《わき》の下があらわになり、ひと握りの和毛《にこげ》がのぞいた。

翔太が五間半（約十メートル）ほど離れて立つ。すると、別の娘が匕首を持ってあらわれる。その娘も、さきほどのすみれ同様、袖と裾を大胆に切りつめた小袖を着ていた。

娘が匕首を翔太にわたす。すみれは両手をあげたままで、頭の上に乗せた林檎を支えている。

翔太が匕首を構えた。異様な緊張感に包まれる。さきほど、五郎がしくじったゆえ、よけい緊張感が増していた。そんななか、翔太が匕首をすみれに向かって投げた。

しゅうっと空を切り、匕首がすみれに向かって飛んでいく。

見事、林檎に突き刺さる。ひと呼吸置いたあと、おうっ、と歓声があがり、拍手喝采《はくしゅかっさい》となる。

結衣も手をたたいていた。

五郎が林檎から匕首を抜くと、娘があらたな匕首を翔太にわたす。今度はすみれが右手の手のひらに林檎を置き、顔の横に持ってくる。

ちょっとでも匕首がずれれば、すみれの愛らしい顔に傷がつく。

またも緊張感に包まれる。そんななか、翔太が匕首を投げた。

またも、見事に林檎に突き刺さる。

拍手喝采となるところだったが、

「町方だっ」

という声が背後からするなり、蜘蛛《くも》の子を散らすように客たちが逃げはじめた。

一座だけではなく、見ているほうも取り締まりの対象になっていた。

「逃がすなっ」

定町廻《じょうまちまわ》り同心を先頭に、岡っ引きや下っ引きが迫ってくる。

「おなごっ、なんて格好をしているんだっ。ご老中様の改革に逆らう気かっ」

定町廻り同心が、逃げ遅れたすみれの胸もとに手を伸ばし、晒を引いた。する
と、みるみると晒が剝がれ、たわわに実った乳房があらわれた。

それを見て、逃げようとしていた男たちの足が止まる。

「おなごっ、神妙にいたせっ」

と、定町廻り同心がすみれに十手《じって》を打とうとした。それを、結衣が大刀の峰で

はじいた。

「なにをするっ」

「逃げて、すみれさんっ」

すみれはうなずき、乳房まる出しのまま駆け出す。

「逃がすなっ」

「ご老中様の奢侈《しゃし》禁止令に反対しますっ」

と、結衣が叫ぶ。あらからさまな批判の声に、すみれを追おうとしていた岡っ引きたちも驚き、足を止める。みな、心の中ではそう思っていても、町方を前にして、はっきりと口に出す者はいなかったからだ。

「天保の改革は、江戸の民を苦しめるだけですっ」

「お、おまえ……なにを言っている」

定町廻り同心も愕然《がくぜん》としている。

結衣はちらりとうしろを見た。とっくにすみれたちは逃げていると思ったが、みな、足を止めて結衣を見ている。自分だけに引きつける作戦が、これでは意味がない。

結衣は大刀をひとふりして、町方たちをさげさせるなり、すみれたちに向かって駆け出した。

「逃げてっ」

「お武家様っ、こっちですっ」

と、翔太が手招きする。

「待てっ」

と、町方たちが追ってくる。

翔太たちはわざと人混みの中に入っていった。

「どけ、どけっ」

十手をふりまわし、定町廻り同心が追ってくる。が、町人たちが壁となり、思うように進めない。

その間に、翔太を先頭に一座の者は人混みを縫うように走っていく。すみれは乳房まる出しのまま、上下左右にぷるんぷるんと弾ませ、走っていた。

それを、通りを歩く町人たちが目をまるくして見ている。

結衣もあとを追うように駆けていく。背中に流した漆黒の髪が宙を舞い、甘い薫《かお》りを放っていた。

なぜなのか、一座の者とともに町方から逃げるのに心が弾んだ。

「邪魔だてするやつはみな、お縄だっ」

背後より定町廻り同心の声が聞こえたが、それもそのうち聞こえなくなった。

二

「ここまで来れば、安心です」

翔太が結衣に向かって笑顔を見せた。

とある廃寺の本堂に入っていた。廃寺だったが、きれいに掃除されていた。

本堂には、一座の生活用具が置かれていた。

「ここで暮らしているのですか」

まわりを見ながら、結衣は聞いた。

「はい。でも、長くはいません。廃寺を転々としているのです」

と、すみれが答えた。

「すみれ、乳を隠せ。五郎が涎《よだれ》を垂らしているぞ」

と、翔太が言い、あら、と割れ目をきわどく隠しただけのすみれが、乳房を抱きつつ、五郎を見た。

するると、五郎は視線をそらした。

「おなご知らずには、毒だったかな」

と、すみれが笑う。おなご知らず、と聞いて、なぜか結衣はどきりとした。彦三郎の顔が浮かぶ。

「からかわないでください」

五郎は真っ赤になっている。

「そんな純なところが好きよ、五郎」

と、すみれが言い、五郎がさらに赤くなる。

「そんなことより、今日のあれはなんだ」

ひとりだけ年の離れた男が、そう言った。背中に、あらゆる小道具を入れた荷を背負って逃げていたのだ。

「すいませんっ、お頭《かしら》っ」

五郎が頭と呼んだ男に向かって土下座をする。

「お武家様がいなかったら、大変なことになっていたぞ」

ありがとうございます、と頭が結衣に向かって頭をさげる。それを見て、ここまで逃げてきた一座の者たちすべてが、ありがとうございます、と頭をさげた。

翔太、すみれ、五郎以外に、頭を入れて七人いて、総勢十人の一座であった。

「私が頭の清太郎と申します。お武家様は、これまでも私たちの芸をご覧になっていらしたでしょう」

「えっ、どうして、ご存じなのですか」

「それはもう、お武家様のようにとてもおきれいな方がいらっしゃったら、野郎どもはみな、覚えています」

と、清太郎が言い、そうですね、と翔太がうなずく。すると、すみれが悋気《りんき》の目で結衣を見て、抱いていた乳房から手を離した。剝《む》き出しの乳房がゆったりと揺れる。

「しかし、お武家様が、ご老中様の奢侈禁止令に反対しますっ、と叫ばれたときには驚きました」

清太郎の言葉に、一座の者みながうなずく。そして、感嘆の目で結衣を見つめてくる。

「私たちは特に、ご老中様のお触れには苦しめられています。もちろん、食う寝るというのが一番大切ですが、生きていくには娯楽が必要なのです」

結衣はうなずく。

「質素倹約ばかりで娯楽も禁止となると、みな、息がつまってきます。お武家様が町方に向かって、天保の改革は、江戸の民を苦しめるだけですっ、と訴えられたのを聞いて、胸のすく思いでした」

そうだ、そうだ、と翔太たちがうなずく。結衣に悋気の目を向けたすみれも、そうだ、とうなずいている。

「私も、清太郎さん一座の芸を見ているときは、しばし、この世の憂さを忘れています。私にとって、清太郎一座はなくてはならないものなのです。だから、思わず助けに入ってしまいました」

ありがとうございます、と清太郎が頭をさげ、すみれに、

「なにか着なさい」

と言った。すみません、とすみれが小袖を取りに立ちあがろうとして、痛い、としゃがみこんだ。

どうした、と翔太がそばに寄る。すみれは足首をさすっている。

「逃げているときに、ひねったかもしれない……」

翔太が足首をつかみ、動かす。すると、すみれが痛いと翔太にしがみつく。

「しばらく休みなさい、すみれ」

と、清太郎が言う。

「でも私が休んだら、誰が的になるんですか。まだ、小菊《こぎく》には無理です」

もうひとりの娘を見て、すみれがそう言う。

「私がやります」

と、小菊が言う。

「小菊はまだ、乳がそんなに大きくないから……」

と、すみれが言い、そうだな、と清太郎もうなずく。

「私がやりましょう」

結衣はそう名乗り出ていた。考えるより先に、そう言っていた。

えっ、と一座のみなが結衣を見やる。

「私が的をやりましょう」

「いや、お武家様に……そのようなことをさせるのは……それに、すみれも言ったように乳が……大きくないと……晒とおなごの下帯《したおび》をつけたときの見栄《みば》えが」

「それは大丈夫です」

と、結衣は言う。

「えっ、大丈夫と言われますと……」

結衣は腰から鞘《さや》ごと大刀を抜き、板間に置くと立ちあがった。そして、小袖の帯に手をかける。

「お、お武家様っ、なにをなさっているのですか」

清太郎たちが目を見張るなか、結衣は小袖の帯の結び目を解《ほど》き、ぐっと引いた。帯を解くなり、小袖の前をはだける。

するといきなり、たわわに実った乳房があらわれた。

「おうっ」

と思わず、一座の男たちがうなった。

結衣の乳房は見事なお椀形《わんがた》で、しかも豊かな隆起を見せていた。すみれの乳には負けなかった。

「これは、なんと……素晴らしい乳を持っていらっしゃる」

結衣の乳房を見て、すみれが両腕で自分の乳房を抱きしめた。

「これだと、お客さんも満足しますか」

「もちろんです……しかし、あの……下は、かなり大胆ですが……」

清太郎がそう言うと、結衣はさらに小袖をはだけた。下半身もあらわになり、すみれと同じようなおなごの割れ目だけを隠す下帯を見て、おうっ、と一座の男たちはまたもうなった。

「いやあ、驚きました。おなごのお武家様はみな、そのようなものをつけておられるのですか」

「いいえ。剣客として動きやすいから、これをつけています」

「そうなのですか。お武家様がよろしいのでしたら、是非とも明日から、おねがいしたいのですが」

と、清太郎が言う。

「明日もやるのですね」

「はい。今日も町方の邪魔が入って、投げ銭を一文もいただいていません。私たちも日々の暮らしで精一杯なんです。一文でも稼がないとなりません」

「わかりました。明日」

結衣はうなずいた。

三

「毎度、ありがとうございましたっ」

と、台所に向かって大声をあげる。

「また、明日も来ておくれ」

女中頭が笑顔を向ける。

ありがとうございました、と頭をさげ、源太《げんた》は天秤棒《てんびんぼう》を担いで裏木戸から出ようとした。すると、源太さん、とおなごの声がした。

ふり向くと、娘の香緒里《かおり》が立っていた。

「お嬢さん、おはようございます」

と、源太は頭をさげる。

源太は魚の棒手振《ぼてふ》りを生業《なりわい》としていた。この、大店《おおだな》の呉服問屋の紅玉屋《こうぎょくや》は、毎日たくさんの魚を買ってくれる上得意だった。そのひとり娘が、香緒里と言った。とても愛らしい顔で、どこか道場の師範代の結衣に面影が似ていた。結衣を五つばかり若くしたような感じがあった。

だから、源太は密かに、香緒里に思いを寄せていた。もちろん、大店のひとり娘と棒手振りでは、言葉を交わすことさえ、めったになかった。

「毎日、お疲れ様」

と言いながら、香緒里が笑顔で近寄ってくる。

源太はすでに心の臓をばくばくさせていた。香緒里に見つめられるだけで、固まってしまう。

両思いなのに、いまだに結衣と結ばれていない彦三郎のことは言えない。やはり、美人に見つめられるだけで、もうだめだった。彦三郎もそうなのだろうか。結衣とできる、と思っただけで、躰《からだ》が固まってしまうのかもしれない。

「あの、源太さんにおねがいがあるの」

「えっ、あ、あっしに、おねがいって……」

「今、清太郎一座が評判なんですってね」

「ああ、そうですね。両国広小路には、今、いくつもの大道芸が出ていますけど、その中では、清太郎一座が一番人気ですね」

あのすみれの乳がたまらない。晒から今にもはみ出しそうな、すみれの乳を見るためだけに、源太もよく両国広小路に通っていた。

「私を連れていってほしいの」

「お嬢さんを、ですか……」

「今、町方の摘発《てきはつ》が頻繁《ひんぱん》に行われていて、危ないって父が言うの」

「そうですね。町方はよく見かけます」

彦三郎の姿を見かけたことはなかった。彦三郎は奢侈禁止令の罪で町人を捕らえることに気乗りしないと聞いている。そのことで、南町奉行《みなみまちぶぎょう》の鳥居耀蔵《とりいようぞう》ににらまれているとも聞いていた。

「見てみたいの。町方が躍起になるくらい、楽しいものなんでしょう」

「そ、そうですね……」

香緒里がぐっと顔を寄せてきた。

なんてきれいなんだっ。

眩《まぶ》しすぎて、源太は思わず目を閉じてしまう。

「おねがい、源太さん」

顔面に甘い息がかかる。目を開けたら、すぐそばに香緒里の顔があるはずだ。開けたい。でも開けたら、気を失うかも……。

「しかし、旦那様《だんなさま》に……知れたら……出入り禁止になってしまいます」

お嬢さんの頼みは聞きたいが、紅玉屋はとても大切なお得意先なのだ。それを失いたくはない。それに、お嬢さんを連れていっても、お嬢さんとどうこうなるわけではない。

「お民《たみ》さんから旦那様に話が伝わってしまいます」

　お付きの女中はお民といった。去年、下総《しもうさ》から出てきたとても純朴な愛らしい娘だ。香緒里があまりに美人だからかすんでいるが、お民だけ見れば充分に愛らしい。

「どうしてですか」

「それは大丈夫よ」

「だって、お民は源太さんにほの字だから」

　えっ、と源太は目を開く。香緒里のくるりとした瞳が目の前にあった。

「ああ、お嬢さん……」

　目眩《めまい》を覚える。

「今、なんておっしゃいました」

「だから、お民は源太さんが好きなのよ。出入り禁止になるようなこと、父に言うわけがないわ」

「す、好き……お民さんが……あっしのことを」

「そうよ。だって、源太さん、かわいいものね」

「か、かわいい……あ、あっしが、かわいいんですかっ」

「そうね。私だって、誰にでも頼むわけじゃないのよ。源太さんとなら、大道芸、見に行きたいな、と思っただけよ」

「お、お嬢さんっ……」

お民は俺のことが好き、香緒里もかわいい男だと思っている。

なんてことだいっ。

「わかりやしたっ。ご案内させてもらいますっ」

思わず、源太は大声でそう言っていた。すると、しいっ、と香緒里が源太の口に人さし指を当ててきた。

お嬢さんの指が、あっしの口に触れているっ。

源太は感激のあまり震えていた。震えつつ、なかなか結衣に手を出せない彦三郎の気持ちが少しだけわかった気がした。


八つ（午後二時頃）、源太は香緒里とお民とともに、両国広小路に来ていた。

「やっぱり、賑《にぎ》わってはいないのね」

奢侈禁止令が出る前は、両国広小路は大勢の人で賑わっていた。あちこちから売り子の声がかかり、あちこちで大道芸が行われて、歓声があがっていた。

が、今は、人は少なかった。とはいえ、そこは両国広小路である。少なくなったとはいえ、ほかの場所よりは多い。

　右手で歓声があがっている。

「あれかしら」

「いや、あれは違います。たいした一座じゃありません」

「清太郎一座はもうすぐなのね」

「はい」

「じゃあ、それまでお団子でも食べて待ちましょう」

　と言うと、香緒里は団子屋に向かう。店を構えているのではなく、屋台のような団子屋だった。まわりには、立ったまま団子を食べている町人たちがいる。かなり人が多かった。

　団子屋自体が取り締まりにあうことはなかったが、流行《はや》って人が集まるようになると、町方に目をつけられるようだ。

　とにかく、地味にひっそりとしていることが大事であった。

「きっとおいしいわ」

　団子三つくださいな、と香緒里自ら注文を出す。行動的なお嬢さんだ。

　脇に立ったお民がおあしを払っている。

日本橋《にほんばし》で待ち合わせて、両国広小路に来るまで、お民とはひと言もしゃべっていない。普段なら、けっこうくだらない話をして笑い合うのだが、どうも変に意識してしまい、そっけない態度を取ってしまっていた。

気のせいか、お民はなにか寂しそうだった。

これではだめだ。源太もお民のことは憎からず思っているのだ。香緒里お嬢さんのほうが好きだが、お嬢さんは高嶺《たかね》の花だ。結衣と同じだ。

でもお民なら、もしかして……と思うと、よけい意識してしまう。

お民が団子をひと串《くし》持って、近寄ってきた。

「源太さん、どうぞ」

と差し出してくる。ありがとうよ、と源太は受け取り、すぐに口に運ぶ。

「うめえっ」

「おいしいね」

と、お民も笑顔を見せる。

「うまいぞ、お民ちゃん」

「そうね。おいしいね」

笑顔がなんとも愛らしい。あらためてお民を見ると、これまた自分なんかにはもったいないおなごだと思ってしまう。

「あそこに、人が集まりはじめたわ」

香緒里が左手奥を指さす。

「どうやら、清太郎一座がはじめたようです。行きましょう」

団子を口にすべて入れて、人だかりのほうに向かう。

四

結衣様……。

源太は信じられないものを見ていた。結衣が大刀をふって、次々と宙を舞う布を切っていた。

結衣は小袖姿だったが、袖と裾が大胆に切りつめられ、二の腕や太腿がまる出しだった。

最初は結衣に似た別人だと思ったが、鮮やかな太刀《たち》さばきを見て、結衣に間違いないと思った。でも、どうして結衣が一座の中で芸を披露しているのだ。

「次は、これを真っぷたつに切ってごらんに入れます」

と、結衣が言うと、もうひとりの娘がまわりを囲む客たちに、小さな豆を掲げてみせる。

その娘も袖と裾を大胆に切りつめて、白い肌をあらわにさせていた。清太郎一座はおなごの肌が売り物のひとつだったが、まさか結衣の肌も売り物になってい るとは。

娘が豆を宙に投げた。結衣がさっと大刀をふる。すると宙で真っぷたつに割れた豆が左右に分かれ、それぞれ落ちてきた。ひとつを娘が、もうひとつを結衣が手にした。真っぷたつに切られた豆を掲げると、拍手喝采となる。

「すごいわ」

右隣に立つ香緒里が目を輝かせている。左隣にはお民が立っている。お民も笑顔でいる。

おいおい。両手に花じゃないかっ。しかも、目の前には結衣様までいる。

「もっと切ってごらんにいれます」

と結衣が言うなり、娘が豆を次々と高く投げあげていく。ひとつ、ふたつ、みっつと、次々と真っぷたつに切られていった。

すげえっ、と歓声があがる。いったん、結衣はさがった。男がふたり出てきて頭をさげる。

「あの子が翔太ね」

と、香緒里が言う。

「よく知っていますね」

「瓦版《かわらばん》で見たのよ」

そうなんですか、とうなずいている間に、ふたりの男たちは離れ、向かい合うと、庖丁を投げ合いはじめる。

目の前を、三丁の庖丁が飛び交い、目を見張る。続けて、鉈を投げ合いはじめる。びゅんびゅんと空を切り、迫力が増す。

終わると、拍手喝采となる。香緒里もお民も懸命に手をたたいている。

「最後は、清太郎一座の名物、匕首投げでございますっ」

と、出てきた娘が言うなり、結衣が再びあらわれた。ここはすみれの出番だった。すみれが小袖を剥いで、晒からこぼれんばかりの豊満な乳と、割れ目だけをきわどく隠した姿を披露するのだ。

そう言えば、今日はすみれが出ていない。

結衣がすみれの代役を務めているのか。となると、まさか結衣が脱ぐのか。みなの前で、晒とおなごの下帯だけになるのかっ。

「奢侈禁止令を叫んだ、お武家様だなっ」

と、群衆の中から声がかかる。

「そうだっ。りっぱなお武家様だっ」

「妖怪《ようかい》とは違うぞっ」

そうだ、そうだっ、と声があがる。

結衣が小袖の帯に手をかけた。

やはり脱ぐのかっ。結衣様っ。

いきなり静まり返る。みな、固唾を呑んで結衣を見ている。帯を抜くと、小袖の前がはだけた。白い晒で包んだ乳房がちらりとのぞく。

結衣がさっと小袖を引き剝いだ。晒とおなごの下帯だけの姿となる。

「おうっ」

と、男たちから地鳴りのような声があがった。

源太の手を香緒里がつかんできた。えっ、と香緒里を見ると、自分が男たちの前で脱いだような恥じらいの表情を見せつつ、じっと結衣を見ている。

左手もつかまれた。左手を見ると、お民も頰《ほお》を赤らめ、裸同然となりつつも、凛々《りり》しく美しい結衣をじっと見つめている。

結衣が的の前に立った。娘が林檎を持ってきた。結衣がそれを受け取り、自分の頭にあげる。

腋の下があらわになる。和毛は剃《そ》られ、すっきりとした腋のくぼみに、男たちがざわつく。

すると、香緒里とお民がぎゅっと強く握ってきた。

翔太が五間ほど離れて立った。匕首を構える。一気に緊張感に包まれる。香緒里とお民がさらに強く握ってくる。どちらの手のひらも汗ばんでいた。

源太は息が苦しくなる。目の前には、裸同然の結衣が立ち、両手は香緒里とお民と繋《つな》がっている。これ以上の幸せはあっしの人生でないかもしれない、と思った。

翔太が匕首を投げた。しゅうっと空を切り、匕首が結衣に向かって飛んでいく。見事、林檎に突き刺さる。ひと呼吸置いたあと、おうっ、と歓声があがり、拍手喝采となる。

香緒里とお民も源太から手を放して、笑顔で拍手している。

娘が林檎から匕首を抜き、翔太に持っていく。

結衣は林檎を高く張った胸もとの前に出した。腋の下は見られなくなったが、晒からはみ出している白いふくらみの前に置かれた林檎は妙にそそる。

翔太が再び、匕首を投げる。しゅっと空を切り、見事胸もとの林檎に突き刺さる。

拍手喝采となる。さらに結衣の美貌《びぼう》の横に置いた林檎にも突き刺すと、投げ銭おねがいします、と一座の者が笊《ざる》を持って客たちに迫る。

結衣も笊を持っていた。結衣は晒とおなごの下帯のままだ。

結衣の乳房の隆起が迫ってくる。道場では何度か目にしていたが、このような場で見る白いふくらみはまたたまらない。

彦三郎にも見せてやりたい、と源太は思う。彦三郎は、結衣が一座の仲間として出ていることを知っているのだろうか。

しかしそもそもなぜ、結衣はこんなあらわな格好をしてまで一座にいるのか。金だろうか。父親の容態はよくないままだと聞いている。しかし、一座で得る金など知れているだろう。

結衣が源太のそばまで来た。

「楽しかったです」

と、香緒里が言い、笊に小銭を入れる。

「ありがとう」

結衣が香緒里に笑顔を向ける。いつにない、とても晴れやかな笑顔だ。

そうか。結衣も奢侈禁止令の世の中で、鬱屈しているのだろう。大胆な姿で芸を披露することで、鬱屈を晴らしているのかもしれない。

「素敵ですね。お名前を教えてください」

と、香緒里が聞く。

「結衣です」

と言って、源太のほうに笊を向けてくる。目が合う。

「あ、あの……」

なぜか、どぎまぎしている間に、お民が、楽しかったです、と言って、笊に小銭を入れた。結衣は、ありがとう、とお民を見つめ、そして離れていった。

「町方だっ」

背後から男の声がした。

客たちがいっせいに駆け出す。一座の者たちも笊に入った小銭をすばやく袋に入れて走り出す。

「源太さんっ」

香緒里とお民が手を繋いでくる。

「こっちですっ」

源太はふたりの手をしっかりと握り、走り出す。

「あのおなごを捕らえよっ」

定町廻り同心が叫び、岡っ引きや下っ引きが結衣だけに向かう。

「結衣様っ」

源太は立ち止まり、叫ぶ。

「えっ、源太さん、結衣様を知っているのっ」

香緒里が目をまるくさせる。

結衣だけ、肌をあらわにさせていて、そのぶん目立った。町方は結衣の白い肌めがけて、殺到していく。

結衣が大刀を持ち、立ちはだかった。

大刀をふり、町方たちを牽制《けんせい》する。

その姿に、逃げていた町人たちが足を止め、戻りはじめる。晒で乳房を覆《おお》い、きわどいおなごの下帯だけで大刀を構える結衣の姿は、凛々しくも美しく、そして妖艶《ようえん》であった。

「なにをしているっ。捕らえるのだっ」

前回、しくじった定町廻り同心が尻ごみする手下たちを鼓舞《こぶ》する。

十手を持った岡っ引きがふたり、一気に結衣に迫った。大刀を峰に返しざま、結衣が次々と岡っ引きの胴を払う。ぐえっ、とふたりとも膝をつく。

「一座の者を誰も捕らえてはなりませんっ。大道芸は、江戸の民の希望なのですっ。生きる糧《かて》なのですっ。取り締まるなんて、間違っていますっ」

大刀を構え、結衣がそう叫ぶ。すると、戻ってきた町人たちが、そうだ、そうだっ、と叫ぶ。

源太たちも戻っていく。香緒里の目が輝いていた。結衣を憧《あこが》れの目で見つめている。お民もそうだ。

「なにを戯《たわ》けたことを言っているっ。捕らえて罪を悔い改めさせてやろうぞっ」

定町廻り同心が叫び、自ら結衣に迫っていく。そして、腰から大刀を抜いた。

「町方にこれ以上、刃を向けたくありません」

「じゃあ、素直にお縄になることだ」

定町廻り同心の足が止まる。向かい合って、結衣の力量がわかったのだろう。

踏みこんでいかない。結衣は正眼に構え、切っ先を定町廻り同心に向けている。その姿がまた、なんとも美しい。そして、股間にびんびんくる。それは源太だけではないようだ。戻ってきた町人たちはみな、たまらねえ、という目で定町廻り同心と剣を向け合っている結衣を見ている。

「なにをしているっ。かかれっ」

背後に立つ岡っ引きや下っ引きたちに、定町廻り同心が命じる。すると、またもふたり同時に、結衣に迫っていった。

が、すぐさま、ぱんぱんっと峰で肩を打たれて、崩れていく。

「これからも、大道芸を続けますっ」

結衣の声に、おうっ、と町人たちが応《こた》える。

香緒里も、おうっ、と腕をあげていた。こんな香緒里を見るのははじめてだった。家ではおとなしいお上品な大店のお嬢様なのだ。

結衣が大刀を鞘に収めると、さっと踵《きびす》を返した。待てっ、と定町廻り同心が追おうとしたが、町人たちがいっせいに壁を作って、前に進めなくした。

「ああ、来てよかったわ。今宵《こよい》は興奮して眠れないかもしれないわ」

両国広小路から家路につきつつ、香緒里が声を弾ませ、そう言った。

「結衣様と知り合いなのかしら」

「いえ、違います」

「知り合いなのでしょう」

香緒里が美貌を寄せてくる。

「いや、その、内緒にしていてくださいよ」

「もちろん、誰にも言わないわ」

「結衣様は、本郷《ほんごう》で道場を開いているお方なんです。あっしは、そこの門弟なんです」

「まあ、そうなの。すごいわ。源太さんって、結衣様のお弟子さんなのね」

源太を見る目が変わる。源太を憧れの目で見つめてくる。

「いやあ……」

と、視線をそらすと、お民が複雑な表情で源太を見ていた。

これはどういう目なのだろうか。お嬢さんが源太に興味を持って、悋気を覚えているのか。まさか、そんなことはないだろう。

ただ、結衣の道場の弟子というだけだ。でも、前から結衣と繋がりがあるだけでも、源太自身の男があがるのだろうか。

「結衣様から剣術を教わっているなんて素敵ね、源太さん」

とまで、香緒里が言う。ねえ、お民、と香緒里がお民にふる。

「そうですね。素敵ですね」

と、お民も答えた。

結衣のおかげで、源太の株はあがりっぱなしとなっていた。

五

南町奉行所定町廻り同心の倉田彦三郎は奉行所に出仕するなり、鳥居耀蔵に呼ばれた。

彦三郎はいやな予感しか覚えず、足取りも重く、奉行の用部屋へと向かう。

「倉田彦三郎でございます」

中に入るなり膝行《しっこう》し、平伏した。

「面《おもて》をあげいっ」

はっ、と彦三郎は顔をあげる。

　すると、鷹のような鋭い目でにらみつけられる。呼ばれるたびに、にらまれているから慣れてもいいようなものだが、いっこうに慣れることはない。むしろ耀蔵の眼光は鋭さを増して、ひとにらみで、どんな者も震えあがらせるようになっていた。

「江戸市中が騒がしいようだな」

「と、申しますと……」

　ぎろりと耀蔵ににらまれ、彦三郎はすくみあがる。

「おまえは、定町廻りであったな」

「はい」

「定町廻りでありつつ、江戸が騒がしいことに気づいていないのか」

「芝居小屋の件でしょうか」

　そう問うと、さらにぎろりとにらまれる。

　天保の改革の一環で、芝居小屋を廃止しようという動きが持ちあがっていた。それを北町《きたまち》奉行の遠山景元《とおやまかげもと》が懸命に阻止しているところで、そのことで江戸の民の間では盛りあがっていた。

　もちろんみな、遠山景元こと金四郎《きんしろう》を応援していた。

「違う」

「と、申しますと」

「これじゃ」

耀蔵が瓦版を投げてよこした。

――またも天保の天女が町方を粉砕。水野様の改革を非難する。

「天保の天女……」

と言いつつ、挿絵《さしえ》を見る。晒で乳を隠し、股間は割れ目だけをきわどく隠す下帯姿で、大刀を構えているおなごの姿が描かれていた。

「こ、これは……」

似ていた、坂木結衣に。

「坂木結衣だ。そうであろう」

「い、いえ、他人のそら似かと思います……」

「倉田、おまえは知らぬのか」

「知りません……」

「おまえは結衣の思い人であろう。おまえも結衣を好いているのであろう」

「そ、それは……そ、そうです」

なぜか南町奉行の用部屋で、朝から結衣と相思相愛であると認めさせられる。

「それなのに、結衣が両国広小路で肌もあらわに暴れておることは知らぬのか。しかも、水野様の素晴らしい改革を非難しているのだっ」

「奢侈禁止令を公衆で非難するなどありえません」

「そのありえぬことが起こっているのだっ」

耀蔵が彦三郎を怒鳴りつける。彦三郎が水野の改革を非難しているわけではないのに、耀蔵は彦三郎に当たっている。

「そもそも、おまえは奢侈禁止令の取り締まりに乗り気ではないと聞いておる」

「そのようなことはありません」

「おまえが、くだらぬ思想を寝物語に坂木結衣に吹きこんだのではないのかっ」

と、耀蔵が怒鳴る。

「そのようなことはありません。そもそも、寝物語など……」

「ほう、まだ、まぐわっておらぬというのか」

「は、はい……」

「ということは、まだ坂木結衣は生娘《きむすめ》なのか」

「は、はい……」

「この数カ月の間、いったいなにをしていたのだ」

「いや、その……」

「まあ、よい」

いきなり、耀蔵が穏やかになった。どういうことだ。結衣とまぐわっていないとわかってから、怒鳴らなくなったのだ。まあよい、と今、言った。

「さがってよいぞ」

「えっ……」

「さがってよいぞ。ご苦労であった」

耀蔵が彦三郎に向かって、ねぎらいの言葉をかけるなんて……。

これは結衣が町方相手に水野の改革を非難したことより驚きであった。


源太は本郷の坂木道場を訪ねた。

魚の棒手振りをやっているため朝稽古《あさげいこ》には参加できず、朝稽古が終わったあとに稽古をつけてもらうようになっていた。

道場に入ると、結衣が素振りをしていた。

稽古着を着て、竹刀《しない》をふっている姿はなんとも凜々しい。そして、美しい。

見えぬ相手に向かって間合いをつめ、しゅっと竹刀をふると、背中に流している漆黒の髪が宙を舞う。

両腕を大上段にあげたとき、稽古着がぴたっと貼《は》りつき、魅惑の胸もとが強調される。

昨日目にしたことは真《まこと》のことだったのだろうか。

胸もとを晒で隠し、おなごの割れ目だけを別誂《べつあつら》えの下帯で隠しただけのあらわな姿で、一座のひとりとして芸を披露していたのだ。

それだけではない。水野の改革を町方の前で堂々と非難したのだ。江戸の民がみな思っていても、決して公《おおやけ》の場では口にできないことを、結衣は堂々と叫んでいた。

結衣が源太に気づいた。

「失礼しますっ」

頭をさげて、道場の中に入る。すると、結衣特有の甘い汗の匂いがかすかに鼻孔をかすめてくる。

香緒里もいい匂いをさせているが、あれはお嬢様の匂いだ。結衣は武家だが、野性味を感じさせる。もっと言えば、源太のような男を牡《おす》にさせる匂いを放っていた。

向かい合って、正座をして一礼し、立ちあがる。

お互い正眼に構え、向かい合う。結衣が源太を見つめてくる。とてもすんだ眼差《まなざ》しだ。きりりと閉じた唇が美しい。

源太は、たあっと気合いをこめると結衣にかかっていった。

「面っ」

と、ふりおろしていく。結衣は難なくそれを受けて源太の竹刀を流すと、すかさず胴を払ってくる。

源太はそれを受けた、と思ったが、胴に結衣の竹刀の先端が触れていた。寸止めだ。

「どうしたの、源太さん」

と、結衣が聞いてくる。

「もう一本、おねがいしますっ」

と叫び、源太は間合いを取る。そしてすぐに、結衣に迫り、小手を狙《ねら》う。が、それも難なくはじかれ、胴を払ってくる。さすがにそれは受けたが、すぐに心の臓を竹刀の先端で突かれた。

今度は寸止めではなく、源太はひっくり返った。

結衣が迫り、源太の上半身を跨《また》ぐ。

「気が乱れていますね。そのような精神状態では、いくら稽古をしても身につきません」

「あ、あの……」

結衣を見あげたまま、源太は話しかける。

「なにかしら」

「あの……昨日、清太郎一座に……いましたよね」

「いたわ」

結衣はあっさりと肯定する。他人のそら似ではなかったのだ。

「ど、どうして……」

「一座の娘が足を挫《くじ》いて出られないから、私がかわりに出ているの。それだけ」

「今日も出るのですか」

「出るわ。見に来て、たくさん投げ銭をちょうだい、源太さん」

「でも、どうして……しかも、ご老中様の改革の非難までして……結衣様、町方に目をつけられますよ」

「そうね。でも、やめないわ」

そう言うと、結衣は源太から離れた。

「さあ、来なさい」

はいっ、と返事をすると、源太は結衣に打ちこんでいった。

六

「宮下助一郎《みやしたすけいちろう》でございます」

定町廻り同心の宮下は、南町奉行の用部屋に呼ばれていた。恐らく、清太郎一座の取り逃がしについて、叱責《しっせき》を受けるのだと覚悟していた。

「面をあげいっ」

はっ、と宮下は顔をあげていく。

何度見ても、目が合うだけで躰が震えあがった。なにも落度がないときでもそうなのに、今は一座のおなごを取り逃がし、しかも水野の改革の非難までさせてしまっていた。

これ以上の失態はないだろう。鳥居耀蔵の雷が落ちても仕方がなかった。すでに、宮下は定町廻りの職を解かれることを覚悟していた。

しかし、あのおなごはいったい何者なのか。太刀さばきは天下一品で、ただ者でないことはわかる。しかも、類希《たぐいまれ》なる美貌なのだ。それだけではない。乳も豊満で、すらりと伸びた足は絶品である。

男なら誰でもつい見惚れてしまうだろう。だから、攻めの第一歩がどうしても遅れてしまうのだ。それで、ぎりぎり捕らえることができない。

「なに用で呼ばれたかわかっているだろうな、宮下」

「はいっ、お奉行っ」

「滑方重吾《なめかたじゆうご》が死んで空いた席に、冷飯食いの、小普請《こぶしん》のおまえをわしが呼んだのだ」

「はいっ。お奉行のご配慮、感謝しても感謝しきれません」

「それがどうじゃ、宮下」

「申し訳ございませんっ」

宮下は額を畳にこすりつける。

「よくやった、宮下」

「えっ」

今、お奉行はなんと言った。よくやった、と言ったような気がしたが、まさか、ありえない。

「わざと逃がしているのであるな」

「えっ」

「今、世間を騒がしているおなごをわしに見せたくて、わざと逃がしているのであろう」

「は、はいっ。そうですっ。江戸を騒がせているおなごを、お奉行にご覧になっていただきたくて、それで……」

「案内しろっ」

「えっ」

「わしに見せるために、取り逃がしているのであろう」

「はいっ」

「わしが見てやる。その江戸の世を乱している天保の天女というおなごを、この目で見てやろうぞ」

「お奉行自らが、わざわざ出張《でば》ってくださるとはっ」

「わしは、なにごともこの目で見てみるのだ」

「さすが、お奉行ですっ」

宮下はあらためて畳に額をこすりつけ、どうにか命拾いしたと安堵《あんど》した。

両国広小路まで鳥居耀蔵だけ駕籠《かご》で移動し、そして降りた。

一座のおなごごときに、南町奉行じきじきに出張ったとあっては、水野の改革に反発する民たちが喜ぶだけだと、耀蔵だけ頭巾《ずきん》をかぶっていた。

両国広小路はかなりの人出となっていた。みな、噂の天保の天女をひと目見ようと集まっているのだ。

その江戸の民たちを当てこんで、あちこちで別の一座が大道芸を披露している。

今は、おなごたちが肌もあらわな衣装で芸を披露するのが流行りとなっていた。

「まだ、清太郎一座はあらわれておりません」

と、付き添いの宮下が言い、そうか、と耀蔵は一番近くの一座に目を向ける。

おなごが反動をつけて飛びあがり、ひとりのおなごの肩に乗った。

どちらのおなごも乳房を晒で包み、股間はおなごの割れ目だけをきわどく隠しているだけだ。

「あれが今、流行りでございます」

「天保の天女とやらが、あのような格好をしているのか」

「はい。さようでございます」

「なんということだ。水野様のご改革をなんだと思っておるっ」

「はいっ」

あんな裸同然の格好で、坂木結衣が満座の中で芸を披露して、そのあと天保の改革を非難しているというのか。

見てみたい。聞いてみたい。

倉田彦三郎によると、まだ坂木結衣は生娘だという。倉田がそう言うのなら、間違いないであろう。

耀蔵の全身の血が久しぶりに騒ぎ出す。

水野の改革を非難する裸同然の結衣を捕らえ、懺悔《ざんげ》させて、そして、わしの魔羅《まら》で串刺しにしてやるのだっ。

満座の前がいいだろう。江戸の民が集まるなか、懺悔させ、そして、わしの魔羅にひざまずかせ、そして串刺しにする。結衣の股間からは血が出るであろう。

罪深きおなごが、懺悔の血を流すのだ。

ああ、たまらぬ。ああ、結衣はどこじゃ。どこにいるっ。はやく姿を見せろ。

ご老中様の考えを否定しろっ。天保の改革は間違っていると叫んでみろっ。

三人目のおなごが、二人目のおなごの肩にあがった。拍手喝采となる。

三人ともそれなりのおなごであったが、所詮《しょせん》それなりである。

結衣だ。坂木結衣が乳を出すから意味があるのだ。おまえたちではないっ。おまえたちがいくら乳を出しても、江戸の民はついてこない。

「結衣はどこだっ。どこにいるっ」

「えっ、結衣とは……」

宮下が怪訝《けげん》な顔になる。

「いや、天保の天女だっ」

耀蔵にしては珍しく狼狽《うろた》える。

「取れっ、取れっ」

客たちから声があがる。

「なんだ。まさか天下の場で、乳を出すというのかっ」

おなごたちが胸もとに手をやる。

「ならぬっ。乳を出させてはならぬっ。すぐにやめさせせいっ」

はっ、と宮下が駆け出す。

「町方だっ。やめろっ」

と叫びつつ迫るが、おなごたちが胸もとの晒を取った。上から下まで三人分、六つの乳房がお天道様《てんとさま》の下であらわになった。

おうっ、とまわりを囲む江戸の民たちから歓声があがる。

おなごたちは乳房を出したまま、両腕をあげる。

反動だと思った。天保の改革の前でも、両国広小路で乳を出すおなごなどいなかった。それが華美なことを禁止している世で、乳を出しているのだ。

抑えつけているから、爆発が大きいのだ。

しかも、不満がかなりたまっているのがわかる。これは江戸の民からの訴えなのだ。もう耐えるのは限界です、と言っているのだ。

しかし、やめるわけにはいかない。耀蔵であっても、老中首座に意見するなどありえない。この反発を抑えないと、耀蔵自身の首が危なくなる。

「なにをしているっ。宮下っ、乳を出しているおなごを引っ捕らえいっ」

耀蔵の叫びも、江戸の民たちの歓声にかき消されていた。

第二章　汗ばむ白い肌

一

夕方の稽古《けいこ》を終えると、結衣は奥山《おくやま》へと向かった。

今日は両国広小路ではなく、浅草《あさくさ》で大道芸をやった。町方は両国広小路を見張っていたのか、あらわれなかった。

明日も引き受けるとお頭《かしら》に言っていたが、今日でやめようと結衣は思って、それを告げに、浅草に向かっていた。足を挫《くじ》いていたすみれの加減がよくなっていて、明日から出たいと言っていたのだ。

頭は大事を取ってもうしばらく休めと言ったが、そのとき、すみれが結衣をにらみつけたのだ。自分の役目を結衣に奪われてしまう、と思ったのだろう。

結衣は一座の邪魔をする気はさらさらなかった。

なぜか小袖《こそで》を脱ぎ捨て、大胆な姿で芸を披露《ひろう》するのはとても気持ちよかったが、いつまでも続けることはできない。

浅草の奥に奥山があり、その廃寺に一座は移動していた。山門を潜《くぐ》り、本堂に向かっていると、五郎の背中を見かけた。

声をかけようかと思ったが、五郎の様子がなにか変で、声をかけそびれてしまった。

五郎は庫裏《くり》の裏手にまわっていく。異変を感じた結衣は、忍び足で近寄っていく。裏手をそっとのぞくと、五郎が庫裏の壁に顔を押しつけていた。どうやら、のぞいているようだ。

なにを……。

すると中から、おなごの嬌声《きょうせい》が聞こえてきた。

すみれ……相手は翔太……。

やはり、あのふたりはできているのか。だから、すみれが嫉妬《しっと》して、結衣をにらんだのか。

五郎が右手を着物の裾《すそ》から中に入れていく。

まさか、ここで手すさびを……。

裏手から美貌《びぼう》を引き、結衣も壁に目を向けた。廃寺だけあって、庫裏も節穴だらけだった。

「あ、ああっ、翔太っ……」

すみれの甲高《かんだか》い声が聞こえてきた。

「あっ、ああっ、気をやってもいいかい……ああ、翔太っ、気をやってもいいかい……」

すみれが舌足らずな声でいってもいいかと聞いている。翔太の声は聞こえない。なにをしているのか。

結衣も節穴に美貌を寄せていく。すると、行灯《あんどん》の明かりを受けた、すみれの裸体が目に飛びこんできた。

結衣に負けないくらいの豊満な乳房が揺れている。乳首はつんととがり、すみれは自らそれを摘《つ》まんでいた。

すみれは庫裏の中央に立っていた。その足下に翔太が膝《ひざ》をつき、そして股間に顔を埋《うず》めていた。

どうやら、おさねを舐《な》めているようだ。いや、それだけではない。女陰《ほと》に指を入れて、まさぐってもいた。

「あ、ああ……も、もうだめ……いきそう……いきそうっ」

いまにも気をやりそうな表情のすみれは、おなごの目から見ても震えがくるほどきれいだった。私なんかに悋気《りんき》を覚える必要なんてないのに、と思う。

翔太もすみれが好きだし、私は誰よりも彦三郎様が好きだ。彦三郎以外の男に操《みさお》を捧げるつもりは微塵《みじん》もない。

けれど、この数カ月、まったく彦三郎との進展はない。

「ああ、ああっ、もう、だめっ」

すみれがいくと告げる寸前に、翔太が股間から顔を引いた。

「えっ……翔太……」

寸止めされて、すみれがむずがるように鼻を鳴らす。すると、翔太が立ちあがった。翔太も裸である。鍛えられた肉体だ。尻もきゅっと引きしまっている。

すみれのほうから口吸いを求めていく。舌を入れるとともに、しなやかな両腕を翔太の背中にまわし、豊満な乳房を押しつける。

「ああ、すみれさん」

庫裏の角の向こうから、五郎の声がする。

乳房をぐりぐりとこすりつけつつ、すみれがしゃがんでいく。すると、魔羅《まら》が急角度で反り返っていく。

ああ……なんてたくましい魔羅……。

結衣は彦三郎の魔羅を思い出し、せつなくなる。と同時に、股間の奥が熱くなってくる。

結衣は生娘《きむすめ》ではあったが、すでに彦三郎と口吸いをし、魔羅もしゃぶっている。おさねも舐められている。今にもひとつになる、というところで邪魔が入って、ひとつになれていないだけだ。

結衣の躰《からだ》は処女でありつつ、大人のおなごとして開発されつつあった。だからきっと、あの魔羅で串刺《くしざ》しにされたら、一気に開花しそうな気がした。

蕾《つぼみ》のままで、熟しつつあるのだ。彦三郎がそうしているのだ。

すみれが鎌首《かまくび》にくちづけをする。

それを見るだけで、ぞくぞくしてくる。すみれがちゅちゅっと啄《ついば》むように鎌首にくちづける。愛情を伝えているのだろう。

私も彦三郎の魔羅に、ああしてくちづけをしたい。

すみれが舌をのぞかせた。ねっとりと裏のすじに這《は》わせていく。すると、翔太の尻がきゅっと締まる。感じているのだ。

彦三郎も私が裏のすじを舐めたとき、ああやってお尻を引きしめているのだろうか。見てみたい。でも、自分では見られない。

すみれはていねいに、翔太の鎌首を舐めている。すると、鈴口《すずぐち》からどろりと先走りの汁が出てきた。

すみれがそれを舐める。

「ああ、すみれさん……」

またも、角の向こうから五郎の声がする。

先走りの汁は舐めても舐めても出てくる。きりがないと思ったのか、すみれがぱくっと鎌首を咥《くわ》えた。

「ううっ」

翔太がうなり、尻を引きしめる。

やっぱり咥えると、気持ちいいのね……。

結衣は節穴からのぞきつつ、舌で乾いた唇を舐めはじめる。

すみれが反り返った胴体も呑《の》みこんでいく。すると、翔太のほうから突いていった。いきなり、根元まですみれの口に入っていく。

「う、うぐ……」

すみれは美貌を歪《ゆが》めた。けれど、逃げることはなかった。

翔太が奥まで入れた魔羅を前後に動かしはじめる。先端で喉まで突いていく。

「うぐ、うう……うう……」

すみれは口で、魔羅を受けている。

のぞいている結衣も、自分が受けているみたいに美貌をしかめる。

ああ、たくましい魔羅で喉を突かれるのはどんな気持ちなの、すみれさん……

ああ、征服されている感じなのかしら……ああ、私も魔羅で征服されたい……あ
あ、彦三郎様の御魔羅で……ふさがれたい。

翔太の動きが激しくなる。ずぼずぼとすみれの口を責めていく。

「うぐ、うう……うぐ……」

口まぐわいだ。

「あ、ああ……たまんねえな、すみれ。ああ、おまえの口は極上だ」

「うぐ、うぐ、うぐ……うぐ……」

「ああ、出そうだっ。口か、顔かっ、どっちに欲しいっ」

激しくすみれの喉を突きつつ、翔太が聞く。

顔……顔に欲しい……と結衣は思った。すみれも同じことを思ったのか、ぎり

ぎりでさっと美貌を引いた。

すみれの口から魔羅が出た刹那《せつな》、おうっ、と翔太が吠《ほ》えた。先端から勢いよく、白濁《はくだく》が噴き出した。ぴゅっ、ぴゅぴゅっと次々と、すみれの美貌にかかっていく。

「ああ、なんてことだいっ、すみれさんっ」

五郎の声が聞こえてくる。

すみれの額から目蓋《まぶた》、小鼻から頬《ほお》、唇からあごと、どろどろの白濁がかかっていく。

すみれはそれをまったく避けることなく、受けつづけた。

脈動が終わると、すみれが唇を開いた。どろりと唇へと白濁が入るなか、魔羅を求めて美貌を動かす。

目蓋にたっぷりと白濁がかかっているため、目は開けないのだ。

すみれは目を閉じたまま、鎌首を求めて舌を差し伸べる。

翔太はぎりぎりで舐めさせない。

ああ、なんていじわるなの……顔にかけながら……お掃除の尺八《しゃくはち》もすぐにはさせないなんて……。

結衣は自分の顔にかけられたみたいな気になり、腰をもぞもぞさせはじめる。

やっとすみれの舌が鎌首に触れた。すみれがそのまま舐めようとすると、翔太が腰を引く。

「あんっ、翔太……お掃除しないと……」

目蓋や小鼻からどろりどろりと精汁を垂らしつつ、すみれがそう言う。

「今夜はやけに従順じゃないか。やっぱり、結衣様のことが気になるのかい、すみれ」

いきなり自分の名前が出てきて、結衣はどきりとなる。

「翔太、結衣様のこと、好きなんでしょう」

「さあな」

と言って、はやくも勃起を取りもどしている魔羅で、ぴたぴたとすみれの頬を張る。

すみれは、あんっ、と甘い声をあげて、汗ばんだ白い裸体をくねらせる。

「結衣様、翔太のこと、好きよ……見る目つきが違うもの」

そんなことはない。私が好きなのは、彦三郎様だけ。誤解しているわ。

「そんなことはないだろう。おまえの気のせいさ」

「ううん。結衣様は、翔太に見せつけるために、晒《さらし》と小さな下帯《したおび》だけになっているの。翔太とまぐわいたいのよ」

と、すみれが言った。

二

「違うわっ」

結衣は思わず、そう叫んでいた。

翔太とすみれがはっとした表情を浮かべ、こちらの壁を見る。

「結衣様、のぞいているのですか」

と、翔太が聞く。

「いっしょに楽しみませんか」

と、翔太が言う。結衣がなにも返事をしないでいると、翔太がこちらの壁に向かってくる。見事な反り返りを見せている魔羅を揺らしつつ、近寄ってくる。

結衣は思わず、翔太の魔羅を見つめていた。おなごの下帯が食いこむ恥部の奥が、せつなく疼《うず》いてたまらない。

もちろん、翔太としたいわけではない。したいのは彦三郎だけだ。が、生娘でありながら、開発されつつあるおなごの躰が肉の刃《やいば》に反応してしまうのだ。

「結衣様、こちらにどうぞ」

間近に迫り、翔太が誘う。

「私には思い人がいます。だから……」

「だから……」

「そちらには行きませんっ」

「そうですか」

と言うと、翔太はあっさりと引きさがった。結衣は締まった尻を見つめてしまう。

翔太が結衣のほうを向いてあぐらをかいた。そして、目蓋やあごから精汁を垂らしたままでいるすみれの腰をつかみ、引き寄せる。

それで、翔太がどうやって繋《つな》がりたいのかわかったのか、すみれは翔太に背中を預ける形で、股間を白い足で跨《また》いでいった。

あごから垂れた精汁が、喉から鎖《さ》骨《こつ》まで流れている。

そんな姿のまま、すみれは股間をさげていく。すみれの恥毛は薄く、すうっと通った割れ目は剝《む》き出しだった。大胆に足を開いているためか、それがわずかにほころび、桃色の粘膜がのぞいている。

その割れ目が、鎌首を求めてさがっていく。

翔太はなにもしない。すみれが鎌首に割れ目をこすりつけていく。

そして、そのまままぐっと裸体をさげていった。一発で鎌首を咥えた。ずずっと垂直に翔太の魔羅が入っていく。乱《みだ》れ牡丹《ぼたん》（背面座位）だ。

「はあ……」

結衣は火の息を洩《も》らす。これ自体が芸のようだった。

目蓋を閉じたまま、割れ目だけで鎌首を探り、捕らえているのだ。

「あ、ああっ……翔太……」

すみれが完全に繋がった。根元まですべて呑みこんでいる。そして、ゆっくりと腰を上下させはじめる。割れ目から魔羅が出てくる。それははやくも、すみれの蜜でぬらついている。

「はあっ、ああ、結衣様……見えますか……ああ、結衣様……あなたが好きな翔太の魔羅は……ああ、今、すみれの女陰にあります」

そう言いながら、すみれが目蓋の精汁をやっと小指で拭《ぬぐ》い、そして、こちらの壁を見つめてきた。

すみれは挑発的な目でこちらを見ている。すみれは勘違いしている。私は翔太に抱かれたいとは微塵も思っていない。誤解を解かなければ。

「私には思い人がいますっ」

「だから……」

すみれが聞いてくる。翔太の腰の上で、くびれた腰をのの字を描くようにくねらせている。

「だから、と言うと……」

「思い人がいても、翔太とまぐわいたいと思っているでしょう。晒とおなごの下帯だけになったのは、翔太に見てもらいたいからでしょう」

「違いますっ」

「ああ、じゃあ、こちらに来てください。目の前で見てください。なにもないのなら、いいでしょう」

相変わらず、翔太は動かない。すみれだけが動き、天を衝《つ》く魔羅を貪《むさぼ》り食っている。

裸体が上下に動きはじめる。穴から魔羅が出てくる。先端ぎりぎりまで出すなり、ずぶっと呑みこんでいく。

「あうっ……うんっ」

すみれが形のいいあごを反らし、愉悦の表情を浮かべる。

唇の端やあごに垂れている精汁を小指で掬《すく》い取り、ちゅっと吸う。その間、すみれはずっとこちらの壁を、結衣を見ている。

「さあ、来て……ああ、さあ、そばで見てください……ああ、結衣様」

すみれの女陰を上下に出入りしている魔羅は、大量の蜜でぬらぬらになっている。

翔太が背後から手を出してきた。たわわなふくらみを掬いあげるようにつかみ、揉《も》みはじめる。

「あっ、ああ……ああ……」

すみれが火の喘《あえ》ぎを洩らす。

「五郎、おまえもそばに来てしごきな」

いきなり右手の壁に向かって、翔太がそう言った。

「五郎、来ていいわよ」

と、すみれも言う。

五郎がのぞいていたのも知っていたのか。知っていて、すみれは翔太の魔羅をしゃぶり、翔太の魔羅を女陰に呑んでいるのか。

「しごいているんだろう、五郎。そばで見たほうがいいわよ」

さらにすみれが誘い、腰を引きあげる。垂直に突き刺さっていた魔羅がおなごの穴から出た。

すみれは右手の壁を見つめつつ、おなごの穴を鎌首に当てて、さするように動かす。

「ああ……」

割れ目での鎌首なでに、翔太がうめく。

「ほら、入るわよ、五郎」

すみれが腰を落としていく。一発で鎌首を捕らえ、再び咥えこんでいく。

「ああ、たまらねえっ、たまらねえよっ、すみれさんっ」

五郎の昂《たかぶ》った声がする。それを聞きつつ、結衣は壁から離れていた。立ち去るのではなく、そばで見るために……。

庫裏の扉をつかみ、開くと、甘い体臭が結衣の美貌を包んでくる。

「ああ、いらしたんですね、結衣様……うれしいです。さあ、そばで見てください」

すみれの目がきらりと光る。

甘い体臭を嗅《か》いだとたん、結衣はくらっとなる。

どうして、庫裏の中に入ってしまったのだろうか。私には彦三郎様がいるのに
……どうして……。

くびれた腰をつかんだ翔太が動きはじめた。ずぶりと突きあげていく。

「ああっ、いいっ、魔羅いいのっ」

すみれが歓喜の声をあげる。自ら上下に揺れる乳房をつかみ、揉みはじめる。

「すみれさん、幸せそう……」

と、結衣はつぶやく。気持ちよさそうではなく、幸せそうだと感じた。

「あっ、ああ……結衣様も……はあっ、あんっ……思い人に入れてもらうといい
ですよ」

結衣を見つめつつ、すみれがそう言う。

「まだ、ないの……」

「ないって……」

「ないの……」

「結衣様、生娘なんですかっ」

右手の壁の向こうから、五郎のすっ頓狂《とんきょう》な声がした。

「そうよ。まだ、おなごではないのよ、五郎さん」

結衣は右手の壁に向かって、そう答える。

「あ、ああ、あっしと同じですねっ」

「ばか、おまえと結衣様のなにが同じなんだいっ」

あきれた顔で、翔太が激しくすみれを突いていく。

「ああっ、ああっ、大きくなった……ああ、結衣様がそばに来たら……ああ、翔太の魔羅、もっと大きくなったのっ。やっぱり、結衣様が好きなのねっ」

「違うぞっ」

と言いながら、翔太がさらに激しく突きあげる。

「いい、いいっ……あ、ああっ、気を、ああ、気をやりそうっ」

すみれは自分で乳首をひねっている。目はずっと開いたままで、結衣を見つめている。

「ああっ、五郎っ、そばでしごきなさいっ。あんたの魔羅も見せてっ」

「すみれさん、あっしの魔羅が見たいんですかっ」

右手の壁から五郎の声がする。

「見たいわっ。ああ、見せてっ」

見せますっ、と大声がして、すぐさま庫裏の戸が開いた。

三

着物の前をはだけ、褌《ふんどし》を脱いだ五郎が飛びこんできた。魔羅は天を衝き、先端は我慢汁で白く汚れている。

「すみれさんっ、あっしの魔羅ですっ」

と言って、五郎が乱れ牡丹で翔太と繋がったままのすみれの前に立つ。

「あら、いいものを持っているのね、五郎」

すみれの視線が、結衣から五郎の魔羅に向かう。

確かに、五郎の魔羅は素晴らしい形をしていた。

それを見て、彦三郎様の魔羅を思い出す。似ていたのだ。彦三郎の勃起した魔羅に……とても生々しく思い出し、結衣は思わず太腿《ふともも》と太腿をすり合わせてしまう。

「あら、結衣様が五郎の魔羅、気に入ったようよ」

と、すみれが言い、

「そうなんですかっ。これですっ、結衣様っ」

五郎は今度は躰の向きを変えて、結衣に魔羅を突き出した。

「ああ……」

彦三郎に魔羅を突きつけられた錯覚を感じ、結衣は熱いため息を洩らす。

「えっ、本当に、五郎の魔羅を気に入ったんですかいっ、結衣様っ」

すみれを深々と串刺しにしたまま、翔太が聞く。

結衣はそれには答えず、五郎の魔羅を見つめつづける。先端は我慢汁で真っ白で、結衣に見つめられひくひくしている。

「つらそうね……」

とつぶやくと、結衣は手を伸ばし、胴体をつかんでいた。

「あっ、結衣様っ」

五郎ががくがくと躰を震わせはじめる。そんななか、結衣は強く胴体をつかむ。牡《おす》の鼓動《こどう》を手のひらに感じる。それは手のひらから伝わり、結衣の股間へと流れてくる。

「はあっ、ああ……」

結衣は火の息を吐きながら、ゆっくりと胴体をしごきはじめる。

「まさか、結衣様って、翔太ではなく、五郎が好きなのですかっ」

すみれが目をまるくさせている。翔太も、そして誰よりも五郎が一番驚きの顔を見せている。

そんななか、結衣はゆっくりと五郎の胴体をしごきつづける。

結衣は魔羅だけを見つめていた。

ああ、感じる……彦三郎様の鼓動を感じる……。

しごいているだけで、躰がせつなく燃えてくる。

「ああ、結衣様……」

鈴口から、どろりと我慢の汁が出てくる。

「ああ、我慢なさっているのね……ああ、どうして我慢なさっているのですか」

五郎の魔羅を見つめつつ、敬語を使っている結衣を見て、すみれと翔太は、なるほどという表情になる。

五郎だけが、敬語を使われた理由がわかっていない。そもそも頭が真っ白になっていて、敬語を使われたことにすら気づいていない。

「ずっと、我慢していやしたっ。あっし、おなご知らずですっ」

「知っているわ。おなご知らずじゃなかったら、すぐにこのまま、この魔羅を斬《き》り落とします」

と、結衣が言うと、ひいっと五郎が悲鳴のような声をあげ、さがろうとする。が、結衣がしっかりと魔羅をつかんでいて、それをゆるさない。

「ああ、小さくなってきたわ。どうしてですか。もしかして、結衣にはもう興味がないのですか。だから、この数カ月、放《ほう》っておいたのですか」

「結衣様に興味がない野郎なんて、この世にはいませんっ。ああ、斬るとおっしゃったから……」

「武士なのに、斬ると言われたくらいで小さくさせるのですか」

「あっしは武士ではありませんっ」

「我慢の汁だらけにしているなんて、武士の恥です……」

そう言うと、結衣はその場に膝をついていく。

「ゆ、結衣様……な、なにを……」

結衣の美貌が魔羅に迫り、小さくなりつつあった魔羅が、一気に反り返った。

「ああ、大きくなってきました」

結衣は瞳を閉じると、我慢汁まみれの鎌首に唇を寄せていった。ちゅっとくち

づけると、

「ああっ、結衣様っ」

と、五郎が絶叫する。どろりどろりとあらたな先走りの汁が出てくる。

「出してはだめよっ、五郎。我慢なさいっ」

すみれがそう言う。すみれと翔太は乱れ牡丹で繋がったまま、五郎の魔羅に唇を押しつけている結衣を見つめている。

「あうっ、また、大きくなったわ……結衣様の尺八を見て、興奮しているのね」

すみれが首をねじって、翔太をなじるように見やる。翔太の視線は、結衣だけに向いている。

「ああ、どんどん出てきます。こんなに我慢なさっていらしたのですね。結衣が舐めてさしあげます」

と言うなり、結衣は舌をのぞかせ、ぺろりぺろりと我慢汁を舐めはじめる。それは敏感な先端を舐めることを意味していた。

当然、おなご知らずの五郎はたまらない。ただでさえ刺激が強いのに、舐めているのは、天保の天女と呼ばれている美貌の結衣なのだ。

「あ、ああっ、結衣様っ、結衣様っ」

五郎が腰をくねらせる。魔羅がひくひく動いている。

「まだ出すなよっ、五郎っ」

と、翔太も声をかける。そして、あらためて腰を上下させはじめる。一撃で、

「いいっ」

すみれが絶叫する。結衣の我慢汁なめを見せられて、すみれ自身もかなり昂っていた。

結衣はていねいに鎌首を舐めていく。桃色の舌が白く染まると、口の中に入れて唾液《だえき》を塗《まぶ》す。そして、桃色に戻った舌で裏のすじまで舐めあげていく。

「ああっ、そこはっ、ああ、そこは、いけませんっ、結衣様っ」

五郎ががくがくと腰を震わせる。舐めても舐めても、すぐに大量の我慢汁が出てくる。

結衣は唇を開き、ぱくっと先端を咥えていった。

「いい、いいっ……あああ、すみれ、もう、気をやりそうっ」

庫裏の中で、すみれの嬌声が響きわたる。

が、五郎も翔太もすみれを見てはいなかった。常に男たちの視線を一身に受けていたすみれを誰も見ていなかった。

「うんっ、うっんっ」

結衣は悩ましいうめき声を洩らしつつ、反り返った胴体まで呑みこんでいく。

「いけませんっ。そんなにされたら出そうです、結衣様っ」

「ああ、いきそう、ああ、すみれ、いきそうっ」

「まだ出すなっ、五郎」

「うんっ、うんっ」

三人が叫ぶなか、結衣はひたすら魔羅を貪っている。おなごの下帯が食い入っている割れ目の奥が熱い。たぶん、どろどろになっているはずだ。

ああ、はやく、結衣を押し倒して、この魔羅で処女の膜を突き破ってください、彦三郎様……。

「ああ、すみれ、もう、い、いくっ」

すみれがいまわの声をあげるとともに、おうっ、と翔太と五郎が吠えた。翔太の精汁はすみれの子宮《こつぼ》に襲いかかり、五郎の精汁は結衣の喉を直撃した。

「う、ううっ……」

精汁を受けた刹那、結衣ははっと我に返った。これは彦三郎の精汁ではない。

ということは、いったい誰の精汁だ、と瞳を開く。

するとで、五郎がおうおうと吠えつつ、結衣の美貌の前で腰を震わせていた。

五郎の勃起させた魔羅を見て彦三郎を思い、そのまましゃぶり抜くなんて……。

ああ、私の躰はそれほどまでに渇望《かつぼう》していたのか……。

結衣は五郎の精汁だとわかっても唇を引くことなく、脈動からの飛沫《しぶき》を喉で受けつづける。

先に翔太の脈動が終わり、すみれの女陰から魔羅が抜けていく。支えを失ったすみれが、あっと前のめりに倒れていった。そのまま土間に突っ伏す。背中にはしっとりと汗をかいている。

一方、五郎のほうは、まだ飛沫を結衣の喉に注ぎつづけていた。

どくどく、どくどくと終わりがないように、結衣の喉を襲ってくる。

ああ、彦三郎様は、たまった精汁をいったいどうなさっているのだろうか……手すさびで出すのなら、結衣の口に出してしまわれればいいのに……。

「五郎、いつまで結衣様のお口をお借りしているんだ」

翔太が近寄ってくる。翔太の魔羅は、自分の精汁とすみれの蜜でどろどろになっている。

「ああ、止まらないんですっ。気持ちよすぎて射精が止まらないんですっ」

五郎は泣いていた。感動と感激のあまり、ぼろぼろと涙を流しながら、結衣の口に出しつづけた。

ようやく鎮《しず》まり、五郎が魔羅を抜いた。

「結衣様、床に出してください」

と、五郎が言う。

結衣は五郎の魔羅を見つめ、ごくんと喉を動かした。大量の精汁がどろりと流れてくるのを感じる。

「あっ、結衣様っ、なんてことをっ」

「すごいぜっ、結衣様が五郎の精汁を飲んだぜっ」

かなり大量の精汁が喉にたまっていて、何度かごくりと喉を動かさなければならなかった。

「ああ、すいやせんっ、ああ、すいやせんっ、結衣様っ」

五郎の魔羅が結衣の目の前でぐぐっと反り返りを見せていく。

「うそ……す、すごい……」

またも、彦三郎そっくりの魔羅があらわれた。

「お掃除を……」

とつぶやき、結衣は五郎の股間に、再び美貌を埋めていく。

「あっ、結衣様っ、ああっ、そんなっ、掃除なんかっ、ああ、あっ、結衣様っ」

結衣の口の中で、魔羅がひくひく動く。結衣は根元まで咥えこみ、じゅるっと吸いあげた。

「なんてことだい」

そばで翔太がうらやましそうに見ている。翔太の魔羅も、はやくも天を衝きはじめる。それを見たすみれが上体を起こすと、結衣のそばで翔太の魔羅にしゃぶりつく。

「ああっ、すみれっ」

翔太がうなる。

結衣が五郎の魔羅を、すみれが翔太の魔羅をお掃除しつづけた。

四

彦三郎は坂木道場にいた。

清太郎一座から抜けるように進言するつもりで訪ねたが、結衣はいなかった。

すでに日は暮れて、町木戸が閉じる刻限（午後十時頃）が迫っていた。

いったいどこに行っているのだろうか。考えたくはなかったが、考えられることは男のところだ。

男。いったい誰だ。清太郎一座の者かっ。だから、一座に加わっているのか。

道場の中で、彦三郎の心は乱れる。

「あら、彦三郎様」

道場に結衣が姿を見せた。

月明かりを受けた結衣の美貌を見て、彦三郎ははっとなった。

これまで見たことのない表情を見せていたのだ。ひとことで言えば、妖艶《ようえん》であった。おなごの色香が匂っていた。

「このような刻限にいかがなさったのですか」

と言いつつ、結衣が道場に入ってくる。

道場は古く、節穴が多数あり、そこから月明かりが射《さ》しこんでいる。

結衣は小袖姿であった。漆黒《しっこく》の長い髪を背中に流し、根元をひとつ括《くく》っているいつもの姿だ。けれど、今宵《こよい》はとても色香を感じた。

まさか、男と……いや、結衣どのに限ってそのようなことは……。

「結衣どのこそ、このような刻限までどこに行っていたのか」

正面に正座した結衣に向かって、彦三郎は問うた。

「私は……」

と言って、結衣が視線をそらす。

まさか、やはり男か……いや……。

「清太郎一座に出ています」

と、結衣から言い出した。

「彦三郎様には言えない姿で、みなの前に出ています。ごめんなさい」

と、結衣がいきなり頭をさげた。

「面《おもて》をあげるのだ、結衣どの」

「でも今宵、一座からは抜けると言ってきました」

「そうか」

「でも、抜けないでくれと頼まれてしまって……」

「誰にだ」

思わず口調が強くなる。

「一座の方です……」

「男か」

「えっ……もしかして、彦三郎様……あの……」

「なんだ」

「いいえ……なにも……」

結衣が、うふふ、と笑ったのだ。

「なにゆえ、笑う」

「ごめんなさい。うれしくて……」

「うれしい……なぜだ」

「だって、彦三郎様が悋気を……」

「悋気……ま、まさか……ありえぬ……」

「そうですか」

と、結衣が悲しそうな表情を浮かべる。ほつれ毛が頬に貼《は》りついている。それを結衣が小指で梳《す》きあげる。

その仕草に、おなごの匂いを感じ、

「惚《ほ》れているのかっ」

と問うた。

「えっ……」

「だから、その……一座の男に惚れて、いかがわしい姿を見せているのかっ」

思わず大声になる。

「彦三郎様は、なにもわかっていらっしゃいません」

「なにをだっ」

結衣は黙ってしまう。そして、まっすぐ彦三郎を見つめてくる。その黒目は潤《うる》んでいる。涙ではない。

となると、やはり……。

「結衣どの、正直に言ってほしい」

「はい」

「その一座の男とま……」

「ま……」

「まぐ、まぐわってきたのかっ」

そう問うと、結衣が立ちあがった。こちらに近寄ってくる。それにつれ、甘い体臭が薫《かお》ってくる。結衣の汗の匂いだったが、稽古のあとの匂いとは違っていた。そこに、おなごの濃い匂いが混じっていたのだ。

「ああ、やはりか……」

結衣が小袖の帯に手をかけた。結び目を解《ほど》いていく。

「な、なにを……」

小袖の前をはだけると、そのまま脱いでいった。

晒に包まれた乳房が月明かりを受けて浮かびあがる。魅惑のふくらみはぱんぱんに張りつめ、かなり苦しそう見えた。

結衣は晒を取った。たわわに実った乳房があらわれた。

数カ月ぶりに目にする結衣の乳房であった。思えば、なにか事件に巻きこまれない限り、結衣の乳房を見ることはなかった。

こうして乳房を目にするということは、またなにか事件が起こるのか。その前兆なのか。

乳首がつんととがっている。見ていると、しゃぶりつきたくなる。それを彦三郎は懸命に自制している。

いや、自制しないほうがよいのではないのか。結衣自ら乳房をさらしているのだ。舐めてほしいのではないのか。

「どうですか。結衣の躰にまぐわった証《あかし》がありますか、彦三郎様」

そう言って、結衣は両腕を万歳するようにあげる。乳房の底が持ちあがり、腋《わき》のくぼみがあらわになる。

腋には和毛《にこげ》がなかった。相変わらず剃《そ》っていた。稽古のあと、井戸端で片肌脱ぎの結衣の腋がちらりとのぞくたびに、どきりとさせていた。

腋の毛を剃っているおなごなど珍しい。なぜか、結衣のすっきりとした腋のくぼみはそそった。しかも、そこから、さらに甘い薫りが漂ってきている。

おなごの下帯で割れ目を隠しただけの結衣の躰は、目が眩《くら》むように美しく、そして股間にびんびんきた。

すでに結衣と肉の関係があったなら、すぐに押し倒していただろう。が、彦三郎と結衣はまだ結ばれていない。

「わ、わからぬ……」

と言うと、結衣がおなごの下帯に手をかけた。

「いや、なにを……そこまでしなくても……」

おなごの下帯が割れ目から出てきた。それを見て、彦三郎ははっとなった。

大量の沁みがついていたからだ。いや、沁みどころではない。蜜でふにゃふにゃになるくらい濡れていた。

「そ、それは……なんだっ。やはり、まぐわったのかっ」

結衣は脱いだおなごの下帯を、彦三郎に突きつけてきた。

「どうぞ、お調べになってください。私のこの躰は清いままですから」

「これだけ濡らして、清いままだと」

彦三郎は結衣の手からおなごの下帯をむしり取った。顔に寄せていく。すると、おなごの匂いがむっと襲ってきた。が、それだけだ。精汁の臭《にお》いはしない。

ただ濡らしてるだけなのか。しかし、どうして濡らす。

「ご覧になりますか」

「えっ……」

「結衣の女陰、ご覧になりますか」

「い、いや、そこまでは……」

「結衣の躰は清いままです。一点の穢《けが》れもありません。ずっと……」

「ずっと……」

結衣は続きを言わず、正座している彦三郎の顔面に、ぐっと剝き出しの恥部を突きつけてきた。

あっと思ったときには、顔面に割れ目を感じていた。やわらかな感触とともに、むせんばかりのおなごの匂いが襲ってきた。

が、そこはまったく精汁の臭いは混じっていない。結衣の匂いだけだ。

「見てください。結衣の膜を……生娘の膜をきちんとご覧になってください」

そう言うと、結衣が恥部を引いた。

すうっと通った割れ目が目の前にある。それはずっと閉じている。閉じていながら、おなごの匂いをむんむん放っているのだ。

その出口を開いたら、どうなるのだろうか。

「では……は、拝見させていただく、結衣どの」

彦三郎は閉じたままの花唇に指をそえる。ちょうど股間に月明かりが射しこんで、そこだけ浮きあがっている。

割れ目をくつろげていった。

すると桃色の粘膜があらわれると同時に、どろりと蜜があふれてきた。蜜まみれの粘膜が、月明かりを浴びてきらきらと輝く。

「ああ、結衣どの……なんと美しい……」

蜜まみれの粘膜の奥に、うっすらと膜が見えている。生娘の膜だ。まだ破られていない。

「まぐわっていないことはわかった。しかし、なにゆえ、このように濡らしているのだ、結衣どの」

「ああ、わかりません……」

「なぜに濡らしているのだ。まぐわっていないかもしれないが、一座の男の魔羅をしゃぶったのではないのか」

そう問うと、結衣の粘膜がひくひくっと動いた。

「しゃぶったのかっ、結衣どのっ」

と、彦三郎は結衣を見あげる。

「尺八など、吹いてはおりません……」

と否定するも、処女の粘膜はさらにひくひくした動きを見せている。

「吹いたのだなっ。吹いたから、このように濡らしているのだなっ」

「彦三郎様の御魔羅を……おしゃぶりしました」

「なにを言っているっ、結衣どのっ」

「ごめんなさいっ」

と言うなり、結衣が崩れてきた。そのまま、抱きついてくる。

「結衣どのっ」

彦三郎は結衣を抱きしめていた。背中の肌がしっとりと手のひらに吸いついてくる。結衣は生娘ではあったが、度重なる色責めにあって、その躰はおなごと言ってよかった。

魔羅を知ったおなご並みに成熟しているのに、まだ膜は突き破られていないのだ。思えば、ずっとじらされている状態といえた。

今宵、俺がとどめを刺すのだっ。

「五郎さんの魔羅が、彦三郎様の魔羅に似ていて……それで……」

「五郎という男を、結衣どのは好きなのかっ」

別の魔羅をしゃぶっていたと聞かされ、彦三郎は悋気で熱くなる。

「いいえ、違いますっ……ああ、彦三郎様だけですっ。ああ、尺八をっ、どうか、結衣にお詫《わ》びの尺八を吹かせてくださいっ」

と言うなり、結衣が彦三郎を押し倒してきた。押し倒そうと思っていた彦三郎は、結衣に先手を打たれてしまった。

結衣が彦三郎の着物の帯を解き、前をはだけた。そして、下帯も取る。

はじけるように魔羅があらわれた。

「ああ、彦三郎様っ」

結衣が反り返った胴体に頬ずりしてきた。

「あ、ああ、結衣どのっ」

おなご知らずの彦三郎にとって、頬ずりだけでもかなりの刺激となる。大量の先走りの汁が出てくる。

それに気づいた結衣が、すぐさま舌をからめてきた。

「ああっ、だめだっ、ああ、それはいかんっ」

この数カ月、彦三郎は手すさびもやっていなかった。だから、ふぐりにたまりにたまっていた。それが先走りの汁となり、とめどなく出てくる。

結衣が鈴口に吸いついてきた。じゅるっと吸い取ってくる。

「あ、ああっ、だめだっ、ああ、結衣どのっ、出てしまうっ」

えっ、と結衣が美貌を引こうとしたときには、すでに遅かった。

いきなり、勢いよく飛沫が噴き出した。

「あっ、ああ……」

それはもろに結衣の美貌を直撃した。どくどく、どくどくと大量の精汁が、結衣の美貌にかかっていく。

しかし、結衣は避けなかった。一瞬、美貌をしかめたものの、すぐにうっとりとした表情を見せて、受けつづけた。

「結衣どのっ」

と叫びつつ、彦三郎はまたも、結衣の女陰以外の場所に精汁をぶちまけていた。

五

なんてことだっ。またも男になれなかった。ためていたのがいけなかったのか。

しかし、手すさびなど、武士たるもの、めったにやってはならない。

「結衣どのっ、これで拭いてくれ」

彦三郎は懐紙《かいし》を取り出そうとした。が、その前に結衣が思わぬ行動に出た。

顔にかけられた精汁を一滴たりとも拭うことなく、出したばかりの魔羅にしゃぶりついてきたのだ。

鎌首が唇の粘膜に包まれる。

「ああっ、結衣どのっ、はやく精汁を拭うのだっ」

結衣は胴体まで頬張ると、両目を開いた。目蓋にかかっていた精汁が糸を引き、黒目にかかる。

「ゆ、結衣どの……なんという……」

精汁を浴びた結衣の美貌は穢れるどころか、さらにその美しさに磨きがかかっていた。しかも黒目にまで精汁が流れる様は、震えがくるほど妖艶であった。

出したばかりであったが、彦三郎の魔羅は結衣の口の中で反応を示しはじめる。数カ月もためていただけあって、一度の射精では出しきれていないのだ。このままずぐに勃起すれば、今度こそ結衣どのとひとつになれる。そう思うと、股間にあらたな劣情の血が集まり、ぐぐっ、ぐぐっと太くなっていく。

「う、うう……」

結衣は小鼻やあごから精汁を垂らしつつ、こちらを見ながら吸いつづける。

「ああ、結衣どの……」

あらたな力が漲《みなぎ》ってくる。数カ月ためておいてよかった、と思った。やはり、手すさびで出すのはよくないのだ。男たるもの、いつ、こうして、おなごと交わる機会が来るかしれぬのだ。

そのときのために、ふぐりは精汁でいっぱいにしておかなくてはならないのだ。

「ああ、もうこんなに……うれしいです」

彦三郎の魔羅は、あっという間に天を衝いていた。精汁も結衣の唾《つば》に塗りかわっている。

「結衣どのが、あまりに美しくて……」

「精汁を浴びた顔……お好きなのですね」

「そ、そうであるな……」

結衣は精汁を美貌から垂らしたまま、道場の床に仰向《あおむ》けになった。

彦三郎は立ちあがり、着物を脱ぎつつ、結衣の裸体を見おろす。月明かりを受けて白く輝く躰は、神々《こうごう》しくも妖《あや》しかった。

彦三郎は腰をおろすと、結衣の太腿をつかんだ。汗ばんだ肌が、しっとりと手のひらに吸いついてくる。

それだけで、魔羅がひくひく動く。すでに一度出しているからと油断してはならない。結衣の躰はあらゆるところが、男の股間にくるのだ。

左右の太腿をつかみ、ぐっと開く。そして、足の間に腰を進ませる。

大きく両足を開いていたが、すうっと通った処女の秘裂は閉じたままだ。その花唇を見ているだけで、どろりと先走りの汁がはやくも出てきた。

いかん。一刻もはやく、この魔羅を突き刺すのだ。

割れ目に触れ、くつろげていく。

「あ、ああ……」

結衣が恥じらいの声を洩らすなか、桃色の粘膜があらわれる。そこは、さきほどよりさらに蜜まみれとなっていた。

「俺の精汁を顔に浴びて、こんなに濡らしているのか、結衣どの」

「ああ、はしたないおなごだとお思いになりますか……」

「いや、そのようなことは微塵も思わぬぞ。うれしいのだ」

「うれしい……顔に精汁を浴びて濡らす生娘が……うれしい……」

「そうだ。うれしいぞ、結衣どの」

じっと見ていると、処女の粘膜から湧《わ》き立つ蜜を舐めたくなる。そうだ。処女花を散らしてしまえば、もう二度と結衣の処女の蜜を味わうことはできなくなる。

今しかないのだ。

彦三郎は結衣の股間に顔を寄せていく。すると、発情したおなごの匂いが顔面を包んでくる。

彦三郎はあらわにさせた結衣の処女の粘膜に顔面を押しつけていった。

「あっ、ああっ」

額がおさねに当たるのか、結衣がぶるっと下半身をうねらせる。

彦三郎は口を開くと、舌を出して結衣の処女の粘膜を舐めはじめた。

「ああっ、彦三郎様っ」

結衣ががくがくと下半身を動かす。

彦三郎は一心不乱に結衣の蜜を舐めている。美味という表現ではあらわせないくらい、たまらなくそそる味だった。

ただの生娘の蜜ではなかった。何度にもわたる責めにあいつつ、処女花を散らされることから逃れてきた躰から湧き出る、極上の蜜であった。

このような蜜はめったに味わえないと思った。結衣のような数奇な運命をたどった処女の躰などまずはない。

「はあっ、ああ、あんっ、やんっ」

女陰を舐められ感じるのか、さらに蜜が湧き出てくる。舐めても舐めても、ぐしょぐしょだ。

「ああ、彦三郎様……ああ、どうかひと思いに、結衣をおなごにしてください」

結衣が処女花ちらしをねだってくる。結衣のような美貌の剣客に、破ってくれとねだられるなど、男冥利《おとこみょうり》に尽きる。

が、彦三郎はなおも蜜を舐めつづける。極上なので、舐めるのをやめられなくなっていた。舌がとろけるようで、かつ、股間にびんびんくるのだ。

「うんっ、うんっ」

彦三郎はうなりつつ舐めている。鈴口からはあらたな先走りの汁がにじみ出ている。

「ああ……ああ、はやく、御魔羅を」

「うんっ、うんっ」

そろそろ入れないと。しかし、処女花は一度散らしたら、それで終わりだ。この味は味わえなくなるのだ。もう少しだけ。

「あ、ああっ、ああ、気を……やりそうです、彦三郎様……ああ、気をやっても、よいですか」

舌で粘膜を舐めつつ、額でおさねを押しつぶしつづけ、結衣の躰は燃えあがっていた。

「う、うう、うう」

よいぞ、と舐めつつ、返事をする。舌が女陰から離れなくなっている。

「あ、ああ、い、いく……いく、いくうっ」

結衣がいまわの声をあげた。股間がぐぐっとせりあがり、ぴくぴくと跳ねる。

すると、蜜の味が変わってきた。さらに濃厚さが増してきた。

気をやると濃くなるのだ。もっと濃くしたい、と彦三郎はおさねに吸いついた。じゅるっと吸っていく。

気をやった直後のおなごの急所を吸われ、結衣が、いいっ、と汗ばんだ裸体を弓なりにさせる。

敏感な反応に彦三郎は昂り、強くおさねを吸いつつ、処女の粘膜を指の腹でまさぐる。

「だめだめだめっ……また、また、い、いく、いくいくっ」

結衣がまたもいまわの声をあげて、がくがくと裸体を震わせる。

彦三郎はおさねから顔をあげるなり、すぐさま処女の粘膜に舌を這わせていく。

さらに濃厚になっている。

脳髄《のうずい》までとろけるような味だ。彦三郎はぴちゃぴちゃと蜜の音をたてて、続けて気をやった蜜を堪能《たんのう》する。

「ああ、ああ、もうじらさないでください、彦三郎様」

じらしてなどいない。ひたすら結衣の蜜を味わっているだけだ。

「ください、彦三郎様っ」

じれた結衣が起きあがろうとする。が、彦三郎が股間にしゃぶりついていて、起きあがれない。

彦三郎はさらに蜜を濃くするため、女陰を舐めつつ、おさねを摘まみ、ひねっていった。

「あ、ああっ、あああっ、だめだめっ……」

ぎゅっとひねりあげるなり、

「いく、いくいくっ」

と叫び、結衣はそのまま白目を剝いた。全身、あぶらを塗ったように、ぬらぬらとなっている。

「ああ、うまいっ。なんてうまい蜜なのだっ」

気を失った結衣の女陰を、彦三郎は取り憑《つ》かれたように舐めつづけた。

第三章　ひろがる天女騒動

一

鳥居耀蔵はいらいらしていた。

宮下助一郎に案内させて、清太郎一座があらわれるのを待つが、まったく遭遇することがなかった。浅草に行くと、その日は両国広小路にあらわれていて、両国広小路に出向けば一転、品川《しながわ》にあらわれていた。

耀蔵をあざ笑うかのような一座の出没ぶりに、腸《はらわた》が煮えくり返っていた。

坂木結衣は今、奢侈《しゃし》禁止令に鬱々《うつうつ》としている江戸の民の人気者で、水野の改革に反対する象徴となっていた。

そろそろ水野からお叱《しか》りを受ける頃だと思ったが、一度だけでも、晒《さらし》とおなごの下帯《したおび》だけで天保の改革を非難する結衣の姿をこの目で見たかった。この目で見て、耀蔵自身が捕縛するのが理想であった。

「お奉行っ」

用部屋の襖《ふすま》の向こうから、宮下の声がした。

「なんだ」

「お目にかけたいものがございまして」

「なんだ。入れ」

はっ、と襖が開き、宮下が膝行《しっこう》し、平伏した。その手には一枚の錦絵が握られていた。

「なんだ、それは」

「今、このようなものが出まわっていると……」

平伏したまま、錦絵だけを差し出してくる。

なんだ、と受け取った耀蔵の目がかぁっと見開かれた。

「こ、これは、なんだっ」

白の晒で乳房を隠し、おなごの下帯で割れ目だけをきわどく隠しているおなごが、右手で大刀をふりあげ、煽動《せんどう》している。

まわりには町人たちが集まり、拍手喝采《はくしゅかっさい》している。

「猫でございます」

と、宮下が答える。

「猫だと……どこが猫じゃっ。おなごではないか」

坂木結衣ではないかと思ったが、違っていた。晒の巻かれた胸もとときわどい股間に目が行ってしまうが、顔はおなごではなかった。確かに猫であった。

が、結衣であった。しかし、おなごではなかった。おなごではなく、猫だったが、結衣そっくりであった。

「これは、国芳《くによし》だな」

「はいっ。歌川《うたがわ》国芳の新作でございますっ」

歌川国芳。当代きっての人気浮世絵師である。

天保の改革の一環として、水野忠邦は人情本や艶本《えんぽん》を絶版にし、役者絵や美人絵も禁じていた。

ほとんどの絵師が改革に従い、公儀の顔色を窺《うかが》うような絵ばかり描いていたが、中には反骨精神のある絵師もいた。

その筆頭が、歌川国芳であった。

美人画を得意とする国芳にとって、こたびの天保の天女騒ぎは、格好の画題と言えた。

国芳は猫好きで知られていた。好んで猫の絵を描いていたが、結衣にそっくりの猫顔の女体をこうも見事に描くとは。

「昨日から江戸に出まわりはじめ、瞬《また》く間に評判となっております」

いかがいたしましょうか、と宮下が面《おもて》をあげて見つめる。

耀蔵は国芳の錦絵に見入っていた。

猫の顔も結衣に似ていたが、なにより腋《わき》に和毛《にこげ》がないのが結衣だと言えた。右手に持った大刀をふりあげているのだが、あらわになっている腋のくぼみに和毛がないのだ。すっきりとしている。

描き忘れたのではなく、この腋を見せるために腕をあげさせているのでは、と耀蔵は思った。

国芳はどこかで、評判となっている一座の中の結衣を見たのだろう。そのとき、なによりも、この腋のくぼみに惹《ひ》かれたのではないのか。

見事に描かれていることもあるが、坂木結衣は錦絵であっても、たまらなくそそった。腋のくぼみを見ているだけで、下帯の奥がむずむずしてくるのだ。

「いかがいたしましょうか」

「なにをだ」

錦絵から目を離さず、耀蔵は問う。

「すぐに、絶版にしましょうか」

「絶版っ。こんな……素晴らしいものを絶版にしろというのか」

そう言って、耀蔵はぎろりと宮下をにらむ。宮下が驚きの表情を浮かべている。

今、わしはなんと言ったのだ。まさか、素晴らしい、などと言っていなかったか。

「今、わしはなんと言った」

「す、素晴らしいものを……とおっしゃいました」

「そのようなことは言っておらぬっ。おまえの聞き違いだっ」

「申し訳ございませんっ」

宮下が額を畳にこすりつける。

耀蔵はこの素晴らしい結衣の姿をもっと江戸の民に見てほしかった。結衣の価値がさらにあがれば、その処女花を散らす価値もあがるというものだ。

しかし、絶版にするしかない。ここでなにも手を打たなければ、水野からお叱りを受けるだけだ。ただでさえ、天保の天女騒ぎを鎮《しず》めていないのだ。

はっ、と宮下は返事をして、用部屋を出ていった。

「国芳を捕らえるのだっ」

「あの、版元は……」

そう言った。

「国芳を捕らえろっ」

二

それより一刻《いっとき》ほど前、棒手振《ぼてふ》りの源太は贔屓《ひいき》にしてもらっている紅玉屋の台所にいた。

「ありがとうございやすっ」

と、女中頭《がしら》に頭をさげ、台所から出ると、源太さん、とお民が近寄ってきた。

「お民ちゃん、おはよう」

あれから二度、香緒里とお民と三人で、清太郎一座を見に出かけた。一度ははずれたが、二度目はうまいぐあいに清太郎一座を、結衣の姿を見ることができた。

「おはよう、源太さん」

お民の頬《ほお》が赤くなっている。

──お民は源太さんにほの字だから。

お嬢さんの香緒里に言われた言葉が、お民を見るたびに蘇《よみがえ》り、心の臓が早鐘《はやがね》を打ちはじめる。

「あの、お嬢様が……源太さんに見せたいものがあるっておっしゃっていて……いいですか」

「香緒里お嬢さんが見せたいもの……なんだろう」

「さあ、来て、源太さん」

と言って、お民が庭へと向かう。源太は天秤棒《てんびんぼう》を置き、お民のあとをついていく。思わず、お民のうなじや腰つきを見てしまう。三度、ともに一座を見に行って、お民とはかなり仲よくなっていた。

そもそも、お民はあっしにほの字だと言う。

まぐわえるのでは、と思うと、腰つきを見ているだけで、魔羅《まら》が疼《うず》いてしまう。

お民が縁側にあがった。そのとき、小袖《こそで》の裾《すそ》がたくしあがり、ふくらはぎがのぞいた。

意外と白い肌に、どきりとする。

「源太さん」

こっちにと手招きする。母屋《おもや》に入れるのだ。お嬢さんの部屋に入れるのだ。もちろん、はじめてのことだ。

源太も縁側にあがった。母屋に入る。母屋と店は繋《つな》がっている。表通りに面した店のほうからは、番頭や使用人たちの声が聞こえてくる。

そんななか、お民に案内され、母屋の奥へと進む。廊下を進むにつれ、静かになってくる。

朝っぱらから、変な気分になる。別にお嬢さんとなにかあるわけではない。そんなことは百も承知だが、内緒で部屋を訪ねるだけで、先走りの汁が出そうになる。

突き当たりの部屋の前でお民が止まり、お嬢様、と中に声をかける。すると、はい、と返事がある。お民がこちらをふり向く、源太を見る目つきがいつもと違い、どきんとする。

ただただかわいいだけのお民から、ふと、おなごの色香を感じたからだ。

どうして、そんな目になっているんだ。

お民が襖を開いた。八畳ほどの部屋の奥に、香緒里が座っていた。文机《ふづくえ》があり、その上に絵のようなものが置かれてあった。

「源太さん、おはよう」

香緒里がこちらを向き、挨拶《あいさつ》してくる。

香緒里の目も、お民同様、おなごのぬめりを帯びていた。

「おはよう、ご、ございます……お嬢さん」

頭をさげて、部屋の中に入る。すると、甘い薫《かお》りに包まれる。これは香緒里の匂いだ。源太が住んでいる裏長屋とはまったく違う。源太の部屋は、厠《かわや》が近く、風向きによっては鼻を摘《つ》ままなければならない。それに比べて、香緒里の部屋はどうだ。

同じ人間が住んでいる部屋とは思えない、なんとも芳《かぐわ》しい薫りに包まれている。

「もっとそばに来て」

と、香緒里が手招きする。

「失礼いたしやす……」

そう言うと、香緒里がうふふと笑う。

「今朝の源太さん、なにか変だわ」

そりゃあ、変にもなりますよ、お嬢さん。おなご知らずの棒手振り風情《ふぜい》には、大店《おおだな》のお嬢様の部屋は敷居が高すぎやす。

「父が国芳の新作を手に入れたの。是非とも源太さんに見せたくて、父から借りてきたのよ」

「国芳の新作ですかい」

源太は身を乗り出し、文机にひろげられている鮮やかな錦絵を見た。

「こ、これはっ、結衣……様……」

胸もとは晒だけで隠し、股間はきわどいおなごの下帯だけで割れ目を隠しているおなごの姿が、とても色鮮やかに描かれていた。

「猫よ、源太さん」

香緒里に言われ、猫だと気づく。

「そうですね、猫です……でも、これは」

「天保の天女よね」

香緒里はうっとりとした顔で、顔だけ猫に変えられた結衣の見事な立ち姿を見つめている。

香緒里だけでなく、今、江戸の民の心を天保の天女がつかんでいた。

「父は国芳の錦絵が好きで、出たらすぐに買っているの。今回も版元からじきじきに届けられたの」

「そうですか」

「たぶんすぐに、絶版になるわ」

「そうですよね」

大刀を持つ右腕を高々とあげて、猫顔の結衣が叫んでいる。錦絵は声を出さないが、見ていると、源太の頭の中に響いてくる。

――ご老中様の改革に反対ですっ。奢侈禁止令は間違っていますっ。

今、結衣は改革反対の象徴になっていた。国芳が描きたい気持ちはわかるが、これでは結衣の身が危ない。

「源太さん、どう思う」

「えっ」

ここ、と言って、香緒里が結衣の腋のくぼみを指先でさした。

そこには、江戸のおなごにある和毛がなかった。きれいに剃《そ》られていた。

「どうって、言いますと……」

「今、江戸のおなごたちの間で、密《ひそ》かに流行《はや》っているものがあるの」

「流行っているもの……」

「腋の和毛を剃って、天保の天女みたいにすることなの」

「そうなのですかいっ」

「腋の和毛を剃ることで、ご老中様の改革に反対する意志をあらわしているの」

「そうなのですか」

「ただ、それだけじゃないの」

と言って、香緒里がじっと源太を見つめてくる。その美しい黒目が、さらに妖《あや》しく絖《ぬめ》っている。

清楚《せいそ》なお嬢さんも、こんな目をするんだ、と思う。

「源太さん、腋を剃ったおなご、どう思うかしら」

「えっ……」

「どう思う……」

「いや、その、あの……」

「正直に言って。源太さんの答え次第で、剃ろうと思っているの」

と言って、香緒里がお民を見る。お民が、はい、とうなずく。

「えっ、お嬢さんとお民さんが、腋の和毛を剃るってことですかいっ」

「剃ったほうがいいか、源太さんに決めてもらおうと思って」

「どうして、あっしなんかの考えを……」

香緒里はなにも答えない。じっと源太を見つめている。

まさか、お嬢さんはあっしのことが好きなのか。いや、それはない。ありえない。でも、万が一……。

「聞かせて、源太さん」

「剃ったほうが……あの、好きです」

と、正直に答えた。腋の和毛を剃るなんて、結衣の腋の下を見るまで想像したことすらなかったが、道場の稽古《けいこ》のあと、井戸端で片肌脱ぎの結衣の腋のくぼみを見たとき、視線を離せなくなったことを覚えている。

なにより、町方相手に大刀をふりあげたときに見えた腋のくぼみが忘れられなかった。

「そう」

香緒里とお民が見つめ合い、うなずき合う。

「源太さん、もうひとつ、おねがいがあるの」

「なんでしょうか」

「剃ってくれますか」

「えっ」

「自分ではきれいに剃れないから……」

そう言って、香緒里が頬を赤らめる。

「あ、あの……お民さんに……してもらえば……」

「女同士で剃り合うなんて……なんか、いけない気がするの」

「剃り合う……」

源太は香緒里を見て、お民を見る。お民も愛らしい顔を真っ赤にさせて、もじもじしている。

「おねがい聞いてくれるかしら。こんなこと頼めるの、源太さんしかいないの」

香緒里が美しい黒目で、まっすぐ源太を見つめてくる。

こんな目で見つめられ、断る野郎はいないだろう。そもそも、香緒里とお民の腋の毛を剃るということは、ふたりの腋の下を拝めるということだ。しかも、その毛を剃れる。

源太は震えはじめる。

「どうしたの、源太さん」

「い、いや……やらせてもらいます……喜んで、剃らせてもらいます。ただ」

「ただ……」

「腋の毛を剃るというのは、ご老中様の改革に反対の意志をあらわす意味もあるとおっしゃましたよね」

「はい」

「誰かに見られたら、大丈夫なのですか」

香緒里はお民と見つめ合い、

「誰にも見られませんから。私が腋の下を見せる人なんていませんから」

と答える。

「そ、そうですか……でも、湯屋では」

「湯屋では、もう半分近くのおなごが腋の下を剃っているんですよ」

「そうなんですかいっ」

わかっていたことだったが、天保の天女の人気とともに、いかにみな、この鬱々とした暮らしにうんざりしているのかが知れた。

「あっしなんかに見せていいんですかい」

「いいわ……だから、頼んでいるの」

と、香緒里が言い、お民もうなずく。

お民だけではなく、お嬢さんもあっしに惚《ほ》れているっ。いや、浮かれるなっ。

源太はぱんぱんっと両手で顔をたたいた。

「なにしているのっ」

「いえ、夢じゃないかと思いやして」

そう言うと、うふふ、と香緒里が笑った。

三

宮下は手下の岡っ引きと下っ引きを連れて日本橋を渡り、照降町《てりふりちょう》に来ていた。

このあたりは裏長屋がひしめいている。奥まで進むと、やたら猫を見かけるようになってきた。

歌川国芳は猫屋敷に住んでいると聞いていた。そろそろ、国芳の家も近い。

行き止まりに二十四近くの猫がいた。

「あそこだ。必ず捕らえるのだ」

と、手下に言い聞かせる。

すでに、何度も天保の天女を取り逃がしている。そのことについては、なぜかお奉行は叱責《しっせき》しない。いつもの鳥居耀蔵なら、すでに宮下の首は飛んでいたかもしれない。

天保の天女の錦絵も食い入るように見ていた。

もしや、鳥居様は天保の天女に惚れているのか。いや、まさかありえない。いずれにしろ、これ以上の失態はゆるされない。

猫屋敷に近づくと、猫たちがにゃあにゃあと声をあげはじめた。

いきなり戸を開け、乗りこむつもりであったが、すでに国芳に知られてしまっていた。

「歌川国芳っ、お上《かみ》の命だっ、出て参れっ」

猫をかき分け、腰高障子の前に立つと、宮下は大声で訪《とぶら》いを告げた。

が、返事がない。もしや、逃げたか、と腰高障子を開こうとしたが、心張り棒を嚙《か》ませているらしく、開かない。

宮下は腰高障子を蹴《け》った。

ちょうど国芳が奥から逃げようとしていたところであった。

「待てっ」

宮下はどかどかと乗りこむ。

奥は壁だったが、人型に打ち破られていた。その向こうは掘割になっていて、猪牙船《ちょきぶね》が止まっていた。

「はやく」

猪牙船から、ひとりの男が手招きしている。着流しの遊び人ふうの男だ。

国芳が猪牙船に飛び乗る。

「待てっ。待つのだっ、国芳っ」

掘割まで出たときには、猪牙船は離れていた。大川《おおかわ》へと向かっている。

「おのれっ」

国芳を助けた者に、見覚えがあった。もしや、北町奉行の遠山景元では。通称、金四郎。月番でないときは、遊び人のなりで江戸市中を探索していると聞いている。

しかし、金四郎はお上の側だ。天保の改革を揶揄《やゆ》しつづけている国芳を助けるだろうか。

金四郎は江戸《えど》三座《さんざ》の芝居小屋取り壊しに強く反対していると聞いている。老中にも訴え出ているらしい。

いわば、改革に反対の立場といえる。だから、国芳を助けたのか。

「猪牙船はないかっ」

宮下は掘割を見まわす。そばに一艘《そう》止まっていた。

「おいっ、こっちだっ」

宮下は船頭に声をかけ、手招きする。が、その猪牙船にひとりのおなごが乗りこんだ。おなごだてらに着流しで、腰に一本差している。漆黒《しっこく》の長い髪を背中に流し、根元をひとつにまとめている。

あれは、天保の天女っ。

「おまえっ」

宮下の前を、天保の天女が通りすぎようとしている。

「乗りこめっ」

手下のふたりに命じる。へいっ、と岡っ引きと下っ引きが同時に、猪牙船に飛び乗ろうとした。

その刹那《せつな》、天保の天女が腰から大刀を抜き、峰に返しざま、乗りこもうとする岡っ引きの肩をたたいた。ぎゃあっ、と叫び、岡っ引きは掘割に落ちていく。その間に、下っ引きが乗りこんだ。

が、天保の天女が、峰で下っ引きの胴を払った。ぐえっ、と後頭部から掘割に落ちていく。

「おのれっ」

宮下が歯ぎしりしている間に、天保の天女を乗せた猪牙船も遠ざかっていた。

気がつくと、国芳を乗せた猪牙船は宮下の視界から消えていた。


堺町《さかいちょう》の中村座《なかむらざ》。

勘三郎《かんざぶろう》が金四郎と国芳を出迎えた。

「これは、金四郎さん」

「しばらく、匿《かくま》ってもらいたいんだ」

「ほう、当代一の浮世絵師、歌川国芳どのですかい」

国芳は白髪まじりの老体であった。が、目はぎらぎらしていた。

「どのはいらないぞ、勘三郎さん」

「そうですかい。例の錦絵、見ましたぜ。天保の天女、惚れぼれするねえ」

「歌舞伎《かぶき》役者も惚れるのかい」

「そりゃあ、そうですぜ、国芳さん。あんたと同じ、江戸庶民の代弁者だ」

「わしは別に代弁しているわけではないぞ。ただただ、あのおなごが美しくて、それを描いただけだ」

「そうですかい。しかし、金四郎さん、あんたも大胆なお人だ。歌川国芳を町方から逃がすなんぞ、水野様に知れたら大変なことになる」

「気にするなってことよ。歌川国芳が手鎖《てぐさり》になるのを、指を咥《くわ》えて見ていたんじゃあ、寝つきが悪くなるってもんだ」

「そうそう、あんたには礼を言わないとな」

ありがとう、と国芳が金四郎に頭をさげる。

「ところで、あんたはいったい何者だい」

「あっしは、ただの遊び人だよ、国芳さん」

「そうかい。わしもただの絵描きじゃ」

ははは、と笑い合っていると、ごめんなさい、と座敷におなごが入ってきた。

おなごとは言っても、着流しで、腰に一本差している。

「おうっ、これはっ」

勘三郎と国芳が目をまるくさせる。

「坂木結衣と申します」

と言って、天保の天女が頭をさげた。

「国芳さんを逃がすときに、ちょっと手伝ってもらったのさ」

と、金四郎が言う。

「えっ、金四郎さん、天保の天女と知り合いなのかいっ」

勘三郎が目をまるくする。

「まあ、ちょっと訳ありでな」

と、金四郎が答える。

「えっ、天保の天女は金四郎さんのおんななんですかい」

と、国芳が聞く。

「そういう関係じゃないんだ。まあ、いわば同志だな。勘三郎さんや国芳さんと同じだ」

「同志ねえ」

国芳は疑わしそうに見ているが、結衣のほうは涼しげな表情でいる。否定も肯定もしない。

「しかし、あらためて見ると、なんともいいおなごだ」

さっそく国芳が絵描きの目で結衣を見やる。結衣は正座をして、ぴんと背すじを伸ばしていたが、その上から下までじっくりと見つめている。

「描きたいな。描かせてもらっていいかな」

と、国芳が聞く。

「お好きに」

と、結衣が答え、

「ほう、これは楽しみだ」

金四郎と勘三郎が笑顔を見せた。

「ところで、勘三郎さんにはひとつ話があってね。例の江戸三座お取り壊しの話だが、やめてほしいと言っても水野様はなかなか首を縦にふらないんだよ」

「そうですかい」

「そこで、提案しようと思うんだ」

「提案……」

「そう。ただただやめてくれと言っても埒《らち》が明かないから、移転を提案しようと思うんだ」

「移転……」

「江戸三座をすべて浅草に移したらどうですかい、と水野様におねがいしようと思うんだ。どうだい、勘三郎さん」

「なるほど。取り壊しよりましだな。それでおねがいします」

勘三郎が金四郎に頭をさげる。

「そうかっ」

と、国芳が手をたたいた。

「あんた、桜吹雪《さくらふぶき》の金四郎さんかいっ」

国芳にそう聞かれ、金四郎はうなずく。

「背中の桜吹雪を見せてもらえないかい」

国芳の目が輝いている。結衣を見ていたときと同じ目だ。

金四郎はその目を見て、国芳に背中を見せると、諸肌《もろはだ》を脱いだ。

見事な桜吹雪が舞っている。

「ほう、これはたいしたものだ」

国芳は目をきらきらさせて、金四郎の彫物を見つめつづけた。

四

八つ（午後二時頃）源太は日本橋の甘味処《あまみどころ》を訪ねていた。顔を出すと主人が、

「お待ちでございます」

と言って、頭をさげる。小女《こおんな》に先導され、階段をあがっていく。二階の個室にいるらしい。

朝、腋の毛を剃ってほしい、と香緒里とお民に頼まれ、それを引き受けてから、源太はずっと落ち着かなかった。なにをしても上の空で、釣銭を間違えたり、そもそも注文された魚と違うものをわたして、怒られたりしていた。

腋の毛を剃るということは、少なくとも、香緒里とお民の腋の下は拝めるということだ。両腕も見られるだろう。

もしかしたら、鎖骨《さこつ》や乳も少しは見られるかもしれない。ちゃんと剃れるだろうか。

万が一にもお嬢さんの肌に傷をつけてはならねえ。

「こちらです」

二階にあがって、突き当たりの襖を小女が開いた。ちょっとした座敷になっていた。香緒里とお民が座っていた。ふたりとも笑顔ではなく、すごく緊張した顔をしていた。

「お汁粉でいいかしら、源太さん」

と、香緒里が聞く。

「へい。ありがとうございやす」

頭をさげると、三つおねがい、と香緒里が言い、小女がさがる。

襖が閉まると、緊張度があがった。三人とも黙ったままでいる。

が、源太はひとり、腰をもぞもぞさせていた。座敷の中は、香緒里とお民の匂いでむんむんしていたのだ。朝は香緒里の匂いだけだったが、今はそこにお民の匂いも混じっている。

「お、お華《はな》の稽古は……どうでしたか」

なにか話さないといけない、と思い、源太はそう聞いた。香緒里とお民はお華の稽古の帰り、この甘味処に寄っていた。よくあることで、甘味処に寄って、遅くなっても、家の者に疑われることはないらしい。

「間違えてばかりだったわ」

と、香緒里が言う。

「変な枝を切ってしまったり、そもそも花の選びかたが間違っていたり」

「あっしもですっ」

と、大声をあげ、自分の失敗を話す。すると、ばかな源太さん、と香緒里とお民が笑った。

汁粉がやってきた。ちょっと空気がなごやかになったかと思ったが、またも、三人とも黙って食べる。

こいつを食べ終えたら、香緒里とお民の腋が見られると思うと、先走りの汁を出してしまう。別にまぐわうわけではない。ただ、腋の和毛を剃るだけだ。それだけでも、こんなに緊張し、こんなに興奮している。

結衣となかなかまぐわえない彦三郎の気持ちがわかる気がする。あの結衣とまぐわえるのだ。しかも、結衣は生娘《きむすめ》だ。処女花を散らせるのだ。

処女っ、そうだっ。香緒里さんも生娘のはずだ。十二の頃から、ずっと奉公しているお民もそうだろう。

処女。ふたりとも処女。

「ご馳走《ちそう》様でした」

と、香緒里が手を合わせる。汁粉はほとんど減っていなかった。お民もそうだ。

「用意を」

と、香緒里が言うと、はい、とお民が返事をして、袱紗《ふくさ》から剃刀《かみそり》を取り出した。

それを見て、どろりと大量の我慢汁を出していた。

香緒里とお民が同時に帯の結び目に手をかけた。

「えっ、ぬ、脱ぐんですかい……」

「脱がないと、腋は剃れません」

香緒里とお民が同時に帯を解《ほど》き、小袖を脱いだ。肌襦袢《はだジュバン》姿となる。香緒里は小袖と同じ紺色《こんいろ》、お民も小袖と同じ鼠色《ねずみいろ》だった。

奢侈禁止令で、派手な色の小袖は着れず、たいてい茶か、鼠か、紺であった。

そして、香緒里とお民は、肌襦袢の腰紐《こしひも》も解いた。

「まさか、そ、それも……脱ぐのですかいっ」

「だめかしら」

と、香緒里が聞く。

「えっ」

「脱いだら、だめかしら、源太さん」

「い、いや、確かに脱がないと……腋は剃れません」

「そうでしょう」

香緒里もお民も顔を真っ赤にさせている。恥ずかしいのだ。でも、腋の毛は剃りたいのだ。いや、天保の天女と同じようになりたいのだ。

出入りの家のあちこちで、天保の天女の話題になっていた。台所を仕切る女中たちもみな、天保の天女に憧《あこが》れていた。みな、小袖の下は腋の和毛がないのかもしれない。

香緒里とお民が肌襦袢を脱いだ。

「あっ、これはっ」

源太は目を見張った。ふたりの乳があらわになるものだとばかり思っていたが、違っていた。晒を胸もとに巻いていたのだ。天保の天女と同じ白の晒だ。

「まねてみたの……」

香緒里もお民も鎖骨まで朱色に染めている。

さすがに下はおなごの下帯ではなく、腰巻であったが、晒を巻いただけの上半身を目にするだけでも、源太の躰《からだ》は熱くなっていた。もちろん、さらに先走りの汁を出していた。

香緒里の乳も、お民の乳も、想像以上に豊かだった。特に、お民の乳房は、晒から今にもはみ出そうなほどだった。

香緒里もお嬢様らしくない、たっぷりとしたふくらみを見せている。

「どうしたらいいかしら」

「そ、そうですね……腕をあげてみてください」

と、源太は言う。

香緒里は言われるまま、両腕をあげていく。すると、晒を巻いた乳房が持ちあがると同時に、腋のくぼみがあらわれた。

そこには、わずかに和毛が生えていた。

甘味処の座敷で昼間から目にするお嬢さんの腋の和毛は、かなりそそった。剃らなくても、これを見ただけで男は惑《まど》うだろう。

いや、香緒里は別に男を惑わせるために、腋の毛を剃るのではないのだ。天保の天女のようになりたいのだ。

「では……」

源太は剃刀を手にする。

「あ、あの……私から先に……万が一、お嬢様の肌に傷をつけたら……だから、私で稽古してください」

そう言うなり、お民も両腕をあげていった。

晒を巻いた乳房が持ちあがり、わずかに乳首がのぞいた。

あっ、と思ったが、黙ったままでいた。出ていると言えば、隠すからだ。乳首はぜんぶ出ているわけではない。乳輪がわずかにのぞいているだけだ。乳首はまだ芽吹いていない。

しかし、なんてきれいな乳輪なんだろう。桜色というより、透明に近い。まさに、生娘の乳輪だ。

お民の腋の下には、濃いめの毛が生えていた。

「ああ、恥ずかしいです……なんか、濃くて……」

お民は耳たぶまで赤くさせて、はあっと羞恥《しゅうち》の息を洩《も》らしている。

「では、剃るぜ、お民さん」

そう言うと、源太はお民の右の腋のくぼみに剃刀の刃を向けていく。

そうするとお民の顔にぐっと近寄る。目と目が合い、お民が、あっ、と目を閉じる。

源太は腋のくぼみに目を向ける。お嬢さんの腋の和毛もそそったが、お民の濃いめの毛もぞくぞくする。

そっと剃刀の刃を当てる。すると、ぴくっとお民が上体を動かした。

「動くんじゃないぜっ」

はい、とお民がうなずく。

剃刀を慎重に動かす。すると、じょりっと和毛が刈り取られていく。

すうっと動かすと、どんどん和毛が落ちていく。濃かったが、それはおなごにしては濃いというだけで、瞬く間に剃りあげた。

「ああ、きれい」

と、香緒里が言い、お民も目を開いて、自分の右の腋の下を見る。

「ああ……天保の天女に少し近づいた気がします」

「そうね」

と、香緒里がうなずく。うっとりとした目でお民の腋の下を見ている。

源太は左の腋のくぼみにも刃を当てる。そして、剃刀を動かす。じょりじょり、と剃っていく。

「はあっ……」

と、お民が火の吐息を洩らす。いつの間にか、乳首が芽吹いていた。淡い桃色の蕾《つぼみ》が息づきはじめている。

左の腋の下も剃りあげた。

「できたぜ、お民さん」

「ああ、どうですか、源太さん」

お民は両腕をあげたまま、腋の下をさらしたまま源太に聞く。

「天保の天女みたいだぜ」

「ああ、それだけ……」

「い、いや、その、きれいだぜ」

「ああ……」

お民が上体をくねらせる。

「はじめて剃刀を当てたから、剃刀負けしないように、なにか軟膏《なんこう》でも塗ったほうがいいかもしれねえ」

「軟膏……考えてなかったわ……」

お民が困惑の表情を浮かべる。すると、香緒里がすうっとお民の腋の下に品のいい美貌《びぼう》を寄せてきた。

あっ、と思ったときには、ぺろりとお民の腋のくぼみを舐《な》めていた。

「あっ、お嬢様っ……そんなっ、いけませんっ」

和毛を剃られた右の腋のくぼみが、香緒里の唾《つば》でねっとりと絖光る。

「じっとしていて。軟膏のかわりよ」

そう言って、香緒里は左の腋の下もぺろぺろと舐めて、唾を塗《まぶ》していく。

「あっ、はあっ……ああ、くすぐったいです」

お民がくなくなと上体をよじらせる。

「これでいいわ」

すっきりと手入れされたお民の腋の下が、お嬢さんの唾でねとねとになっている。

たまらない眺めに、源太も腰をもぞもぞさせる。しかもこれから、香緒里の腋の和毛を剃るのだ。

五

「暑いかしら」

と、香緒里が聞いてくる。

「は、はい……なんか、緊張して、暑いです」

お民が手ぬぐいを持った手を源太の顔に寄せてきた。乳を晒で巻いただけの姿で、額の汗を拭《ぬぐ》ってくれる。

そうなると当然、腋のくぼみがのぞく。ちらちらとのぞく腋の下がまた、たまらない。源太はさらに汗をかいてしまう。

「源太さんも脱いだら」

と、香緒里が言う。

「えっ、あ、あっしもですか」

「私たちだけ脱いでいるのは恥ずかしいわ……」

ねえ、と香緒里とお民は顔を見合わせ、うなずく。

「しかし、あっしが脱ぐと……その……」

「なにか悪いことが起きるのかしら」

「まさか。なにも起こりませんっ」

源太は激しくかぶりをふる。

「じゃあ、脱いで。暑いでしょう」

お嬢さんはいったいどういうつもりなのか。男の裸を見たいのか。

源太も着物の帯に手をかけ、結び目を解くと、さっと脱いだ。褌《ふんどし》一丁となる。

「あら……」

と、香緒里が言う。

源太の肉体は筋肉の塊《かたまり》であった。日々の棒手振り、そして道場での稽古で、自然と鍛えられていた。胸板は厚く、二の腕は隆々《りゅうりゅう》としている。

「あの……ちょっと、いいかしら」

「なにがですか……」

「触ってみていいかしら」

「も、もちろんです……」

「お民ちゃん、いっしょに……」

と、香緒里がお民を誘う。お民はうなずき、左手を伸ばしてくる。香緒里は右手を出し、同時に胸板を撫《な》でてきた。

ぞろりとした感覚が走り、思わず、あっ、と声をあげてしまう。

香緒里が右の胸板を、お民が左の胸板を撫でてくる。ふたりとも、晒から魅惑のふくらみをのぞかせているだけに、よけい胸板なでに感じてしまう。お民の乳輪は晒に隠れていた。

知らずしらず乳首が勃《た》ったのか、それを撫でられ、あらたな快感を覚えた。

「あ、ああ……」

と、源太が声をあげると、その反応に煽《あお》られるのか、さらに胸板を撫でてくる。

香緒里は二の腕もなぞりはじめた。

「たくましいわ、源太さん……ああ、うちの店の男たちはみな、なよなよしているの……だから、源太さんのたくましさが……眩《まぶ》しいの」

胸板と二の腕を撫でつつ、香緒里がそんなことを言う。

「あ、あっしなんかが、眩しいだなんて、冗談はおやめください、お嬢さん」

「冗談なんかじゃないわ。ねえ、お民」

と、香緒里がお民に同意を求める。すると、お民もうなずく。

なんだってっ。ふたりとも、あっしのことをっ。これは夢だろうっ。

「あら、すごく勃っている。男の人も勃つのね」

と言うなり、香緒里が右の乳首を白魚《しらうお》のような指で摘まんできた。こりこりと刺激を送りはじめる。

「あっ、ああ、お嬢さんっ、それはっ……」

「痛いのかしら」

「いいえっ、逆ですっ……気持ちいいですっ」

「じゃあ、続けていいわね」

そう言うと、さらにこりこりとしてくる。

「あ、ああ……お嬢さんっ」

魔羅をいじられているのではない。乳首をいじられているだけなのに、声を出すほど気持ちいい。

「お民ちゃんも」

と、香緒里が言い、はい、と返事をしたお民が左の乳首を摘まんできた。こちらは強めにひねってくる。

「ああっ……」

源太はさらに大きな声を出す。それを見た香緒里が、右の乳首も強くひねりはじめる。

左右ふたつの乳首を別々のおなごに同時にひねられ、源太は、ああ、ああっ、と声をあげつづける。

加減がわからないお民と香緒里は、感じている源太を見て、さらにぎゅっとひねってくる。

痛みが走る。が、痛い、とは言わない。痛いと言えば、やめてしまうからだ。

痛いのは痛いが、それだけではない。

「あ、ああ……あああっ」

甘味処の座敷で、源太だけが恥ずかしい声をあげつづける。

ようやく、香緒里とお民が手を引いた。

「乳首って、そんなに感じるものなのね」

責めていた香緒里とお民の顔が上気している。もしや、源太の乳首を責めつつ、自分の乳首を意識しているのか。

そう思い、香緒里の胸もとを見て、はっとなった。晒を突き破らんばかりに、乳首が勃起していたのだ。乳首の形が浮きあがっている。

お民もそうだった。ふたりとも源太の乳首をいじりつつ、自分の乳首をとがらせていた。

今、ぷくっと浮き出ている乳首を摘まめば、香緒里もお民も感じるのではないのか。摘まみたい。でも、できない。

いきなりおなごが男の乳首を摘まんでもゆるされるが、男がおなごの乳首を摘まんだら、どうなるかわかったものではない。

「源太さん、私もおねがい」

と言って、今度は香緒里が右腕を源太の前であげていく。すると、晒で包まれた乳房が盛りあがり、そして腋のくぼみがあらわになる。

こちらはお嬢さんらしく、品よく、わずかな和毛が生えているだけだ。

これはこれで、なんともそそる。剃るのが惜しい気がする。が、毛は剃っても、また生えるのだ。

「では、お嬢さん、いいですね」

剃刀を手に、源太は聞く。

「はい」

と、香緒里はしっかりとうなずく。天保の天女への憧れの強さを感じる。

源太はお嬢さんの腋のくぼみに剃刀を当てる。すると、あっ、と香緒里が声をあげる。

どうしたのだろうか、と源太は香緒里を見やる。すると、香緒里が潤《うる》ませた瞳で見つめてくる。

なんだ、この目は。まさか剃刀を腋に当てられて、感じているのかっ。

香緒里は生娘のはずだ。もしや、源太の乳首をいじって感じさせたことで、躰全体を熱くさせているのかもしれない。

腋の下も躰の一部だ。しかも、普段はくすぐったいところだ。ということは、性感帯とも言える。

源太はゆっくりと剃刀を動かす。すると、

「はあっ……」

と、香緒里が火の息を洩らす。

さらに剃刀を動かすと、あんっ、と甘い声をあげた。

源太は大量の我慢汁を出していた。お嬢さんの腋の和毛を剃りつつ、暴発させそうになっていた。

腋の毛はわずかで、すぐに終わる。

香緒里は源太を濡れた黒目で見つめつつ、左腕をあげていく。こちらの腋のくぼみにも剃刀を当てる。すると、

「あんっ」

と、香緒里が上体をよじらせた。

「動いちゃ、だめだっ」

と、思わず強い口調になる。お嬢さん相手にまずかったか、と思ったが、香緒里は、はい、と神妙にうなずき、左の腋の下を棒手振りにさらしている。

そこに源太は剃刀を当てる。こちらもゆっくりと動かす。愛撫《あいぶ》するかのように。

すると香緒里は、はあっ、と火の息を洩らし、応《こた》えてくれる。

腋の和毛がわずかなのが残念だ。すぐに終わった。

「どうですか、お嬢さん」

と、源太は聞く。

香緒里は両腕をあげて、左右の腋のくぼみを見つめる。そして、

「源太さん、唾を……」

と言った。

「つ、唾ですかい……」

と、思わず聞き返す。唾を腋に塗すということは、香緒里の腋の下を舐めるということだからだ。

「唾をください……剃刀負けしてはいけないから」

「そうですね。剃刀負けはいけねえっ」

声が震えている。香緒里は剃毛《ていもう》された腋のくぼみをずっとさらしている。

和毛が生えていた腋のくぼみもそそったが、手入れされた腋のくぼみは、お嬢様らしくてもっとそそった。

「では、お嬢さん」

源太は顔を寄せていく。舐める前に思わず、ちゅっと口をつけていた。それだけで、あっ、と香緒里が上体を震わせる。腋のくぼみがかなり敏感になっている

ようだ。

源太は舌を出した。ぺろりと香緒里の腋の下を舐めていく。

「はあっ、ああ……」

香緒里が火の喘《あえ》ぎを洩らす。

感じているのだ。剃った直後の腋の下を源太に舐められて、お嬢さんは感じているのだ。

源太はしつこく、腋の下を舐めつづける。

「あ、ああ……ああ……」

香緒里の白い肌が汗ばみはじめ、晒を巻かれた乳房の谷間から、甘い匂いが漂いはじめる。

たまらなかった。まだ口吸いもしたことはなかったが、乳首をいじられ、今、腋の下を唾だらけにしている。

男と女というのは、口を吸って、そして魔羅を女陰《ほと》に入れるだけがまぐわいだと思っていたが、そうではないのだ。入れなくても相手を喜ばせることができる。

香緒里の腋のくぼみを舐めつつ、香緒里をすごくそばに感じていた。

「ああ、右ばかりじゃなくて、左もおねがい」

甘いかすれ声まじりに、香緒里がそう言い、すいやせん、と右の腋の下から顔をあげる。

すっきりと手入れされた腋のくぼみが、源太の唾でねとねとになっている。

「ああ、お嬢さんっ」

源太は左の腋の下にも顔を埋《うず》め、ぺろぺろと舐めはじめた。

「はあっ、ああ……」

香緒里が火の喘ぎを洩らす。そんな香緒里と源太を、お民が熱い眼差《まなざ》しで見つめていた。

六

「江戸がかなり騒がしいようだな、鳥居」

はっ、と鳥居耀蔵は平伏したまま返事をする。

耀蔵は老中首座の水野忠邦の屋敷に呼ばれていた。奥の座敷で、忠邦の前で額を畳にこすりつけていた。

妖怪と言われ、江戸の民に恐れられている耀蔵であったが、その耀蔵が頭が上がらない相手である。

「こういうものを見たのだが、これはなんだ」

忠邦が一枚の錦絵を投げてよこした。耀蔵の前で止まる。顔をあげると、天保の天女の姿が目に入った。国芳作の例の錦絵だった。

「天保の天女でございます」

「ずいぶん勝手をしているようだが、どうして放し飼いのままでいるのじゃ、鳥居」

「神出鬼没でございまして」

「だから」

と言って、ぎろりと忠邦がにらみつける。妖怪がその眼差しの鋭さに震え、

「すぐに捕らえますっ」

と、耀蔵は叫ぶ。

「捕らえたら、乳をさらして磔《はりつけ》にするのだっ。そうだな、両国広小路の真ん中で、ひと晩さらし者にするのだ。槍《やり》をそのおなごの下帯に突きつけておくがよい」

と、おなごの下帯が食い入ってる天保の天女の股間を、忠邦が指さす。

「翌朝、公開の場で吟味《ぎんみ》をいたせ。そこで懺悔《ざんげ》させるのだ」

「懺悔しなかったなら……」

「ほう、懺悔しないと申すのか」

「天保の天女は恐らく、懺悔しないと思われます」

「それほどに肝《きも》が据わっているおなごということか」

「はい……」

「これほどの美形で、肝が据わっているとなると、男なら惚れるな、鳥居」

「えっ」

「お主、この天保の天女に惚れているのではないのか」

「とんでもございませんっ。このおなごは、水野様のご改革を非難しているのですっ。切り刻んでも足りないおなごです」

「そうか。惚れているから、野放しにしているのではないのか。いつものおまえなら、とうに捕らえているだろう。どうだ、鳥居」

図星をつかれ、耀蔵は返事に窮する。いつもは相手を圧倒している耀蔵が、逆に圧倒されていた。

坂木結衣に惚れていることまでお見通しとは……。

水野ににらまれたら、お終《しま》いだ。首がいくつあっても足らないだろう。

「申し訳ございません。すぐに捕らえて、さらし者にいたします」

「それで懺悔しなかったらどうする、鳥居」

またも、ぎろりとにらんでくる。

「そ、その場で……」

「その場でなんだ」

水野は槍を股間に向けておけ、と言っていた。

ということは、その槍で……突き刺すことを望んでいる……。

おのが魔羅で散らすつもりでいた坂木結衣の処女花を、江戸の民の前で、槍で突き破るなど……できるのか……。

が、それを水野は望んでいるのだ。いや、それができるかどうか、耀蔵の肝の据わり具合を試しているのだ。

「天保の天女の処女花を、槍で散らしますっ」

緊張のあまり、結衣が処女であるということまで言ってしまった。

「ほう、天保の天女は生娘というのか」

なぜ知っている、とぎろりとにらんでくる。

「そ、そのような噂《うわさ》が……」

「噂だと……もしや、天保の天女を使って、おまえが煽動しているのではあるまいな、鳥居」

「まさかっ。私が水野様のご改革に物を申すなどありえませんっ」

耀蔵にしては珍しく狼狽《うろた》え、激しくかぶりをふる。

それが、かえって疑いの素《もと》となってしまう。普段の鳥居耀蔵とはすっかり変わっていた。

「まあ、よかろう。即刻、天保の天女を捕らえ、懺悔させるのだっ、鳥居っ」

はっ、と耀蔵は額を畳に強くこすりつけていた。

第四章　妖怪《ようかい》の狙《ねら》い

一

翌日――鳥居耀蔵は自ら浅草に出張《でば》っていた。定町廻り同心の宮下と真北《まきた》、それに高坂《こうさか》とその手下たちを引き連れていた。まとまっていると目立つゆえ、ばらばらになっていた。

天保の天女は坂木結衣である。だから、道場に乗りこめば、結衣を捕らえることは造作もない。が、捕らえても、結衣がしらを切ればそれまでだ。あせった妖怪が似ているおなごを捕らえた、と噂《うわさ》になるだろう。

やはり、結衣が一座とともに、芸を披露《ひろう》しているところを捕らえるのがなによりだ。江戸の民の満座の中で捕らえるのが、一番効果的である。

天保の天女を捕らえ、そして南町奉行鳥居耀蔵であると名乗るのだ。妖怪の顔を、江戸の民にとくと披露しようではないか。

「清太郎一座だっ」

誰かが叫ぶと同時に、その場にいた町人たちが、おうっ、と雄叫《おたけ》びをあげて、広場に走っていく。

「行くぞ」

耀蔵も手下の同心たちを引き連れ、町人たちのあとを追う。すると、人だかりができている場所があった。すでに、三重にも人垣ができてしまっている。

耀蔵からは見ることができない。中から、おうっ、すげえっ、と歓声があがり、拍手が沸き起こっている。

「おうっ、待ってましたっ」

「天保の天女っ」

一段と大きな歓声が人垣の中からあがった。

どうやら、結衣が姿を見せたようだ。

「この一枚の紙を二枚、四枚と切ってごらんにいれます」

確かに、結衣の凛《りん》とした声がする。もう、晒《さらし》とおなごの下帯《したおび》だけなのか。いや、そうではないようだ。太刀《たち》さばきを披露しているようだ。

ここまでも、しゅっと空気を切る音が聞こえてくる。そのたびに、おうっ、と歓声があがる。

「それで、妖怪の首も斬《き》ってくれっ」

と、前方から声があがり、一瞬、静まり返る。すると結衣が、

「斬ってごらんに入れましょう」

と言ったのだ。おうっ、と凄《すさ》まじい歓声があがる。

わしを斬るだとっ。天下の鳥居耀蔵を斬るだとっ。

耀蔵はどうしても目にしたくて、手下の同心に前を開けさせるように命じた。同心や岡っ引きが十手《じって》を見せて、前を開けさせる。

十手を見せられた町人たちはみな、おとなしくなる。

「妖怪を捕らえました」

と、結衣の声が聞こえ、おうっ、と歓声があがる。

わしを捕らえただとっ。どういうことだ。

耀蔵は二列目まで進んだ。すると、人垣の輪の真ん中に立つ結衣の姿が見えた。

結衣は小袖《こそで》姿だった。が、ただの小袖ではなかった。袖と裾《すそ》を切りつめ、しなやかな腕や太腿《ふともも》をさらしていた。

漆黒《しっこく》の長い髪は背中に流し、根元をひとつにまとめている。これはいつもの姿だ。

耀蔵は結衣の白い肌に引き寄せられていた。

その結衣が左手に大きな紙を持っていた。右手には大刀を手にしている。

「江戸の民を苦しめている妖怪です」

耀蔵は自分が描かれていると思った。が、よく見ると違っていた。蛙《かえる》であった。が、面相は耀蔵に似ていた。

いったい誰が描いたのか。結衣ではないだろう。あの絵の雰囲気は。

国芳だっ。歌川国芳が蛙に似せて描いたのだ。

「それが鳥居耀蔵かっ」

誰かが叫ぶが、結衣はそれには答えない。耀蔵に似た蛙が描かれた紙をさっと宙に向かってふり放つと、疾風《はやて》のごとき太刀さばきを披露した。

宙で耀蔵が瞬《また》く間に切り刻まれていく。ふたつが四つ、四つが八つ、八つが十六。ずっと宙に浮いたままだ。落ちようとすると、さらに結衣が大刀で切りあげていく。

耀蔵に似た蛙が切り裂かれるたびに、拍手と歓声が起こる。

江戸の民に嫌われているのは知っていたが、それを目《ま》の当たりにすると、いい気分のものではない。うう、とうなりつつ、きりきりと歯ぎしりをしていた。

「捕らえますか」

と、右手に立つ宮下が聞いてくる。

「まだだ」

晒とおなごの下帯姿を見るまでは待つつもりであった。

切り刻んだ耀蔵蛙を花吹雪《はなふぶき》のようにして、まわりに撒《ま》くと、結衣はいったんさがった。そのあと、庖丁《ほうちょう》の投げ合いや、鞠《まり》を使った芸などが続き、そして再び、結衣が姿を見せた。

「おうっ」

と、歓声があがる。耀蔵も思わず、うなっていた。

結衣は胸もとに晒を巻き、そして股間は割れ目だけをきわどく隠す、おなごの下帯だけのあらわな姿であらわれた。

「奢侈《しゃし》禁止令は江戸の民を生きたまま殺しているようなものです。生きるためには娯楽が必要です。なにもかも禁止にしていては、生ける屍《しかばね》となってしまいます。こうして、おなごの肌を見ることで、生きる活力が出るのですっ。私は反対の証《あかし》として、肌を出して訴えています」

そう言うと、右腕を高く差しあげた。腋《わき》のくぼみがあらわになる。手入れのゆきとどいた腋のくぼみだ。

「天保の天女のまねをして、腋の和毛《にこげ》を剃《そ》るおなごが増えているそうです」

と、宮下が説明する。

「奢侈禁止令反対っ。江戸の民に娯楽をっ」

結衣が叫び、まわりの江戸の民たちも、そうだっ、と叫ぶ。

「捕らえましょう」

「まだだ」

「しかし……」

「まだだ」

耀蔵は結衣の姿に見惚《みと》れていた。これぞ、耀蔵が求めるおなごの究極の姿だと思った。数カ月前、貢物《こうもつ》として長崎からやってきた混血のおなごは、ひと月前に飽きて、捨てていた。

これまでいろんなおなごとまぐわい、愛《め》でてきたが、結局、飽きてしまう。が、結衣だけは飽きなかった。もちろん、ものにしていないから、飽きようがないこともあったが、結衣は別格であった。

結衣が背丈ほどある板の的の前に立った。わたされた林檎《りんご》を自ら頭の上に乗せる。そのとき、また腋のくぼみがあらわになる。そこは汗ばんでいた。

男が五間半（約十メートル）ほど離れて立った。別の娘が匕首《あいくち》を男にわたす。

男が匕首を構える。まわりは静まり返り、みな結衣を見ている。

男が匕首を投げた。しゅっと空気を切り裂き、匕首が結衣に向かっていく。

見事林檎に突き刺さった。ひと呼吸空いたあと、おうっ、と歓声があがり、拍手喝采《はくしゅかっさい》となる。

結衣が林檎から匕首を抜き、今度は喉の前に持ってくる。あらたな匕首を娘が男にわたす。男が匕首を構える。またも静まり返る。

耀蔵も息を呑《の》んで見つめている。

男が匕首を投げた。しゅっと空気を切り裂き、一直線に結衣の喉に向かっていく。

ひいっ、とあちこちで娘たちの悲鳴があがるなか、見事、喉の前の林檎に突き刺さる。

おうっ、と雄叫びのような歓声があがる。

「今日は、あらたな趣向があります」

と、結衣が言う。そして、あらたな林檎を受け取ると、股《また》の間に挟んだ。おなごの下帯がきわどく食いこむ恥部の真下に林檎があった。

あそこに向かって匕首を投げるのか。万が一しくじったら、結衣のおなごの下帯が切り裂かれ、処女花が匕首によって散らされるかもしれぬ。

そのようなことさせてはならぬ。が、待て、という声が出てこない。宮下は、今か今かと命令を待っている。

男が匕首を構える。その手がわずかに震えているのを見て取った耀蔵は、

「そこまでじゃあっ」

と叫んだ。

二

「南町奉行、鳥居耀蔵であるっ。水野様のご改革を非難するとは言語道断っ。天保の天女、神妙にいたせっ」

と、耀蔵が大声を張りあげた。

「妖怪だっ。妖怪があらわれたぞっ」

町人たちがいっせいに散りはじめる。そんななか、御用だっ、といっせいに町方が結衣に向かう。一座の雑魚《ざこ》は構わず、天保の天女だけを捕らえるように命じてあった。

結衣は匕首をつかむと、構えた。そして、耀蔵をすんだ瞳でにらみつけてくる。

「お奉行様っ、ご覧になったでしょう。みな、生き生きしていますっ。生きるためには、こういった場が必要なのですっ」

「お奉行に向かって、軽々しく口をきくんじゃないっ」

宮下が十手を手に、結衣に迫っていく。

すると結衣が、しゅっと匕首を突き出していった。あまりにすばやく、宮下は避けることができず、手の甲を切られ、ひいっと十手を放す。

「なにをしているっ、捕らえろっ」

と、耀蔵が叫び、宮下の手下の岡っ引きや下っ引きが迫っていく。

一座の者たちは逃げていたが、結衣は逃げなかった。結衣が逃げるときを稼いでいた。

いったん散った江戸の民たちも、再び結衣に引き寄せられるように戻りはじめる。

「御用だっ」

　岡っ引きと下っ引きが結衣を囲むように迫る。結衣はしゅしゅっと匕首を突き出す。下っ引きが着物の袖を切られ、それだけで、ひいっ、と腰を引く。

　結衣がすうっと前に出た。岡っ引きと下っ引きの手の甲を斬っていく。みな十手を落として素手になり、尻餅《しりもち》をつく。

「おなごひとりになにをしているっ。はやく引っ捕らえろっ」

　離れたところにいた真北と高坂がそれぞれの手下とともにやってきた。岡っ引きたちは刺股《さすまた》を手にしている。

　岡っ引きたちが刺股をぐいっと結衣に向かって突き出す。

　結衣は背後に向かって飛んだ。すると、晒の巻かれた胸もとが弾む。今にも乳首がのぞきそうで、耀蔵は結衣の乳房に見入る。

「御用だっ、神妙にしろっ、天保の天女っ」

　と、大声をあげ、岡っ引きたちが刺股で結衣を追いつめていく。

　さがる一方だった結衣が、いきなり飛んだ。

　おうっ、と江戸の民が驚きの声をあげるなか、結衣は岡っ引きたちの頭を飛び越え、背後に着地するなり、匕首の柄《つか》でうなじをたたいた。ぐえっ、とひとりの岡っ引きが倒れる。

もうひとりは反転しようとしたが、刺股を手にすばやく動くことが叶《かな》わず、そのうなじも結衣が匕首の柄でたたいていた。ぐえっ、と一撃で膝《ひざ》から崩れていく。

真北が十手を手に、結衣に突進していった。うしろっ、と江戸の民が叫ぶ。すると結衣はふり向きざま、匕首を投げた。

結衣に十手を打つ寸前で、匕首が太腿に突き刺さり、前のめりに倒れていく。

結衣は真北の背中に馬乗りになると、腕をねじあげ、十手を奪い、それでうなじをたたいた。ぐえっ、とうめき、ほかの町方同様気を失う。

「乳首だっ、天女の乳首だっ」

あちこちから興奮した声があがる。

激しい動きを見せているうちに、ついに晒から乳首がはみ出てしまっていた。

「ああ、桃色だっ。なんて、きれいな乳首なんだっ」

「生娘《きむすめ》だっ。天保の天女は生娘だっ。生娘の乳首だっ」

と、あちこちから声があがる。

耀蔵も晒からはみ出た結衣の乳首に見入っていた。結衣の乳首はすんだ桃色であった。清廉《せいれん》な匂いしかしない、まさに穢《けが》れを知らない蕾《つぼみ》であった。

「処女だっ。生娘だっ」

「天保の天女は処女の女神だっ」

いつの間にか戻ってきた江戸の民が、処女の女神だと合唱をはじめる。そんななか、御用だっ、と定町廻り同心の高坂が結衣に向かっていく。

十手を結衣に向けて、たたきつけてくる。結衣は真北の背中に跨《また》がったまま、それを十手で受ける。

十手と十手の鍔《つば》迫《ぜ》り合いとなる。おのれっ、と高坂がぐいっと押すと、結衣が細腕で押し返す。

「ああ、天保の天女様っ」

誰かが様づけで呼びはじめ、それが瞬く間にひろがり、

「天保の天女様っ」

と、大合唱となる。そんななか、高坂がさっと十手を引き、結衣がよろめいたところを狙《ねら》い、肩を打っていった。

結衣は咄嗟《とっさ》に上体を倒し、そのまま脇へとごろごろところがっていった。すると晒がずれて、たわわな乳房がもろ出しとなった。

立ちあがった結衣が乳房を弾ませつつ、高坂に向かって反撃に出る。

高坂の目はつい揺れる乳房に向かい、隙《すき》が生まれた。そこをつくように、一気に間合いをつめた結衣が高坂の額を十手でたたいた。額が割れて、高坂が背後に倒れていく。

「そこまでだっ、おなごっ」

耀蔵はそう叫ぶと腰から大刀を抜き、一気に迫っていく。

「妖怪が刃《やいば》を抜いたぞっ」

と、あちこちから声があがる。

結衣は十手を構えたが、さっと反転して逃げようとした。

が、気を失っていたはずの真北が手を伸ばし、結衣の足首をつかんだ。

不意をつかれた結衣は足をとられ、前のめりに倒れていく。

「天女様っ」

と、江戸の民から声があがる。

「そこまでだっ、おなごっ。神妙にいたせっ」

耀蔵は起きようとする結衣のうなじに切っ先を突きつけた。

結衣の動きが止まる。

「十手を放せ」

結衣が放さないでいると、耀蔵は晒に刃を向けた。切られた晒が胸もとから落ちていき、乳房がすべてあらわになった。

結衣が十手から手を放す。

「乳だっ、天保の天女様の乳だっ」

と、男たちが騒ぎはじめる。

「両手を頭のうしろにまわして組むのだ」

耀蔵は慎重であった。結衣を侮《あなど》ると、すぐに反撃を食らう。こちらは大刀を持ち、突きつけつつ、相手は素手である。それでも油断しなかった。

結衣が言われるまま、しなやかな両腕を頭のうしろで組んだ。

「よし、そのまま立て」

うつ伏せに倒れていた結衣が膝を立て、起きあがっていく。それにつれ、あらわになった乳房の全貌《ぜんぼう》が、まわりの江戸の民の目にさらされる。

「ああ、乳だっ、天保の天女様の乳だっ」

「おなご、名を名乗れ」

「天保の天女です」

「戯《たわ》けたことを言うでないっ」

とどなりつけ、耀蔵は結衣の足を払う。不意をつかれた結衣は膝からまた崩れてしまう。

膝立ちとなった結衣の髪をつかみ、耀蔵はぐいっと美貌をさらしあげにする。

「名を名乗れ」

「天保の……」

とまで言ったところで、耀蔵はさらに髪を引きあげ、上体を反らせると、大刀の先端を乳首に向けた。

「今度、戯けたことを口にしたら、乳首を飛ばすぞ」

さっきまで、乳だ、乳だと騒いでいた江戸の民も、妖怪鳥居耀蔵の迫力に圧倒されて、息を呑んで見つめている。

「名を名乗れ」

切っ先を向けられ、右の乳首がぷくっと充血していく。

「坂木、結衣……」

「もっと大きな声で名乗れ」

「坂木、結衣っ」

「聞いたかっ。天保の天女でもなんでもないのだっ。ただのおなごじゃっ。結衣という名のおなごじゃっ」

耀蔵は声を張りあげる。

「よし、詫《わ》びろ。水野様のご改革を非難したことを、ここで詫びるのだ、坂木結衣」

みな息を呑んで、天保の天女こと結衣を見つめている。すぐ懺悔《ざんげ》したら、ただのおなごに堕《お》ちる。

「奢侈禁止令は間違っていますっ。即刻、撤回されることを望みますっ」

乳首に切っ先を突きつけられた状態で、結衣がそう叫んだ。

「なんだとっ」

耀蔵はきりりりと歯ぎしりする。これが、相手が結衣でなかったら、即刻乳首を斬り落としていただろう。が、結衣の乳首を斬り落とすことはためらわれる。

水野忠邦が言うように、耀蔵は結衣に惚《ほ》れていた。おなご知らずの男のように、思いこがれていた。

「庶民の楽しみを奪っては、暮らしはもっと陰鬱《いんうつ》になるだけですっ。江戸の活気はどんどんなくなっていますっ。これでよいのでしょうかっ」

まだ、誰も賛同の声をあげない。みな固唾《かたず》を呑んで結衣を、そして鳥居耀蔵を見ている。

「おのれっ、言わせておけばっ」

耀蔵は髪をつかんだまま正面にまわると、結衣の頬《ほお》に平手を見舞った。

ぱしっ、という音が静まり返った広小路にやたら大きく響きわたった。

結衣が美しい黒目で、耀蔵をにらみあげてくる。とてもすんだ瞳だ。

結衣の気高い眼差《まなざ》しで見つめられると、おのれの穢れを痛感させられる。

そうか。わしは坂木結衣の美貌に惚れているのではなく、この気高き瞳に惹《ひ》かれているのだ。これはわしにはないものだ。

「詫びろっ、おなごっ」

さらに、ぱんぱんっ、ぱんぱんっ、と結衣の頬を張っていく。容赦《ようしゃ》のない平手を受けて、結衣の美貌が右に左に大きく動く。

優美な曲線を描く頬に、手形の痕《あと》が浮きあがる。

「詫びるのはあなたですっ、お奉行っ」

「な、なんだと……」

思わぬ切り返しに、耀蔵は一瞬、動きを止めた。手から髪が落ちていく。

ほんの一瞬だったが、結衣に逃げる機会があった。が、結衣は両腕を頭のうしろで組んだまま動かなかった。

鋭い目で耀蔵を見あげていた。

「お奉行っ」

ようやく起きあがった真北と高坂がそばに寄ってきた。

「縄を打てっ。両国広小路まで引きまわしじゃっ」

耀蔵が叫び、はっ、と定町廻り同心が頭をさげた。

三

結衣はどす黒い縄でうしろ手に縛られ、おなごの下帯で割れ目をきわどく隠しただけの姿で、浅草から両国広小路へと向かっていた。

形よく張った乳房の上下に縄が食い入り、乳首がぷくっと充血している。

すらりと伸びた足を運ぶたびに、剥《む》き出しの尻たぼがぷりっぷりっとうねっている。

それを背後から歩く耀蔵はじっと見つめている。

往来の左右には、ずらりと江戸の民が立っていた。みな、裸同然で引きまわされている天保の天女を見つめている。

乳首を斬り落とすと脅され、懺悔を求められても、お上に奢侈禁止令撤廃を訴えたことで、結衣は天保の天女のままでいた。ただのおなごに堕《お》ちなかった。

しかも逃げる機会があったのに、逃げずに訴えつづけたことで、さらに天保の天女の株はあがっていた。

尊敬の眼差しとともに、やはり男たちは欲望を秘めた視線を結衣の緊縛裸体に向けていく。

淫気を覚えるな、というのが無理な姿であった。

美貌はどこまでも高貴で、瞳はすみきっている。それでいて、縄が食い入る乳房はたまらなくおなごで、くびれた腰といい、むちっとした太腿といい、これでもかと男たちの股間を刺激してくるのだ。

その中に、彦三郎もいた。鳥居耀蔵が数人の定町廻り同心を引き連れて浅草に向かったという話を耳にして、結衣を本気で捕らえる気だと思い、あわてて駆けつけたのだ。

彦三郎が浅草に着いたときには、すでに捕物がはじまっていた。晒から乳首をのぞかせ、十手を持ち、定町廻り同心たちと対峙《たいじ》する結衣の姿に、彦三郎は思わず見惚れてしまっていた。

やはり、結衣は戦っているときが一番美しい。大刀ではないのが残念だったが、結衣は十手を持っても、さまになっていた。

鳥居耀蔵が動いたのは、恐らく老中首座の命だからだろう。この引きまわしも、水野忠邦の案のように思える。となると、磔《はりつけ》にして、ひと晩さらし者にして、そして明朝、懺悔せぬなら首を刎《は》ねるのか。

耀蔵はそこまでしないと思ったが、水野の命なら、例え妖怪でも従うしかないだろう。

妖怪といえど、この世の頂点にいるわけではない。頭のあがらない相手がいる。

「ああ、なんていい乳をしているんだい」

「尻もたまらないぜ。ああ、天保の天女様は、あっしたちみたいなおなごに縁のない野郎どものために、ああして乳を披露しているんだ」

「そうだな。なんて男の心がわかる天女様なのか」

男の心がわかる……おなごに縁がない男の心が……。

それは俺のことなのか、と彦三郎ははっとなる。まさか真《まこと》におなごに縁がない男たちのためにわざと捕らえられ、引きまわしという形で乳をさらしているわけではないだろうが……。

いや、そうなのか。結衣はなかなかおなごに手を出せない男の気持ちがわかっている。いまだに魔羅《まら》で処女花を散らせない男の気持ちを……。

「ほらっ、さっさと歩けっ、おなごっ」

少しでも結衣の足取りが遅くなると、鳥居耀蔵がぱんぱんっと尻たぼを張る。そのたびに結衣が、あんっ、と甘い声をあげる。

たたきすぎて、すでに結衣の双臀《そうでん》には数えきれないくらいの手形がついている。それは痛々しくも、なんともそそった。

結衣はすんだ瞳でまっすぐ前を向いていたが、その瞳がわずかに潤《うる》みはじめているのがわかった。もしや、裸同然で引きまわされて感じているのか。

いや、結衣に限ってそのようなことは……。

浅草から両国広小路までまったく人が途切れることなく、往来の端に江戸の民が並んでいた。

両国広小路に着いた。広々とした場の中央に、すでに十字の磔台が用意されていた。そこに向かってうしろ手縛りの結衣が歩いていく。江戸の民もぞろぞろとついていく。

「縄を解《ほど》け」

と、耀蔵が言う。まわりを四人もの定町廻り同心で囲んでいる。みな、十手を手にしている。応援が呼ばれていた。

頭に晒を巻いた高坂が結衣の背後に立ち、うしろ手の縄を解いていく。乳房や二の腕から縄が離れるとき、緊張が走った。

結衣は股間におなごの下帯をつけているだけで、得物《えもの》はなにも持っていなかった。それでも十手を構え、結衣の反撃を牽制《けんせい》していた。

結衣は縄を解かれても動かなかった。ぴんと背すじを伸ばし、宙を見つめている。

「ああ、縄の痕がたまらねえ」

「乳首、勃《た》ってるぞ。ああ、天保の天女様も生身のおなごなんだな。あっしらに見られて、感じているんだ」

「ああ、天保の天女様っ」

江戸の民は結衣を尊敬し、そして結衣に欲情していた。

「わしは慈悲深い男だ。懺悔の機会をまた与えよう。ここで罪を認め、土下座をするなら、牢《ろう》に入れるだけでゆるしてやろう。が、悔い改めないのなら、そこにひと晩、磔することになる。どうだ、おなご」

耀蔵が腰から抜いた大刀の切っ先を結衣の喉に突きつけ、そう問うた。

結衣はなにも言わず、宙を見つめている。

「どうじゃ、おなごっ」

「天保の改革は江戸の民を苦しめるだけの悪い改革ですっ」

「なんだとっ」

耀蔵が顔面を真っ赤にさせて、左手で結衣の乳首を摘《つ》まんだ。ぎゅっとひねっていく。

「う、うう……」

結衣の眉間《みけん》に深い縦皺《たてじわ》が刻まれる。

「磔にされたいのかっ、結衣っ」

と、耀蔵が名を呼ぶ。すると、結衣が耀蔵を見た。乳首をひねる手が止まる。

「おっ、天保の天女様が正義の瞳で妖怪をたじろがせたぞっ」

「天女様っ」

両国広小路に集まった江戸の民から歓声があがる。

「結衣っ、慈悲を与えているのだっ。意地になるなっ」

「意地になっているのは、どちらでしょうか」

と、結衣が言う。

「おのれっ、磔じゃっ」

結衣の両腕を太腿に晒を巻いた真北と高坂がつかみ、十字柱へと連れていく。

十字柱は台の上に立てられていた。見せしめゆえに、離れたところからでも見えるようにしてあった。

結衣は十字の柱を背にして立たされた。

「腕を水平にあげるのだ」

高坂がそう命じるが、結衣は両腕をあげずにいる。

「なにをしているっ。あげるのだっ、おなごっ」

と、高坂が声を荒らげる。

結衣は今度は言われるまま、しなやかな両腕を水平にあげていった。するとすぐに、真北ともうひとりの同心が、結衣の手首に縄を巻いていく。

集まった江戸の民はみな、固唾を呑んであらたに縄かけされていく天保の天女の姿を見ている。

「足を開け」

と、高坂が言う。結衣が言われるまま、すらりと伸びた両足を開く。

すると、江戸の民がざわつきはじめた。

「あれは、なんだいっ」

ふたりの岡っ引きが槍《やり》を抱えてあらわれたのだ。

槍を結衣の股間の真下に備えつけていく。槍の先端は鋭くとがり、おなごの下帯が食い入る割れ目を狙っていた。

「ああ、天女様の処女花が……」

「天保の天女様の処女花を散らしてはだめだっ。天女様はずっと穢れなき存在じゃなくちゃだめだっ」

散らすな、散らすなっ、とあちこちから声があがりはじめる。

「明朝、このおなごに罰を下すっ」

満座に向かってそう叫ぶと、耀蔵が去っていく。耀蔵の前が次々と開いていく。

定町廻り同心は高坂だけが残り、あとは四人の岡っ引きと下っ引きがまわりを囲んだ。

四

「いやあ、すごい人出ですね」

「そうね」

天保の天女が妖怪の手で捕らえられたという話は、瞬く間に江戸中にひろまっていた。

源太はお華《はな》の稽古《けいこ》を終えた香緒里とお民とともに、両国広小路に来ていた。物凄《ものすご》い人出だったが、すぐに結衣の姿を捉えることができた。

結衣は高い台に備えつけられた十字の柱を背負っていたからだ。両国広小路に来れば、どこからでも見えるようにしたのだろう。

なんせ結衣はさらし者だから、大勢の者の目に触れさせる必要があった。

「そばに行きましょう」

と、香緒里が言い、源太の右手を握ってくる。すると、お民も負けじと左の手をぎゅっとつかんでくる。

結衣が大変なことになっていたが、源太は思わずにやけそうになる。香緒里とお民の腋の和毛を剃り、ふたりとはとても近づいていた。

香緒里は無理かもしれないが、お民となら口吸いもできそうだと思っていた。が、いざやろうと思うとできない。

さすがに口吸いは、源太のほうから迫らないと無理だろう。都合よく香緒里やお民のほうから口を吸ってと言ってくることは万が一にもないだろう。

口吸いができそうなのに、迫る勇気を持てず、悶々《もんもん》としていた。そしてますます、彦三郎の気持ちがわかるようになっていた。

源太が人垣の中を進もうとしても、なかなか誰も開けてくれなかったが、香緒里が、すみません、と言いつつ前に行こうとすると、なぜか開けてくれた。

やはり、美形のお嬢様は得のようだ。

かなり近くまで迫った。結衣の表情まで見て取れる。

結衣は腋の下も、乳房もさらしていた。かろうじて、おなごの割れ目を下帯で隠しているだけだ。

乳首はつんととがっている。

裸同然の姿を江戸の民にさらしつづけるのは、いったいどんな気持ちなのだろうか。

結衣はまっすぐ前を見つめている。恥じらってはいない。堂々としている。磔にされた躰《からだ》からは、私はなにも間違っていない、という意志が強く感じられる。それでいて、とがった乳首はいやらしい。

今にも割れ目がはみ出そうな股間も、見ていてむずむずする。

「ああ、天女様……」

香緒里が結衣を見あげつつ、五本の指を源太の指にからめてくる。どきりとする。結衣のそばで香緒里と指をからめていると、なぜか浮気をしている気になり、躰が熱くなる。

結衣は今、大変な目にあっているのだ。それなのに、香緒里と指をからめて昂《たかぶ》っていていいのか。

「天女様……きれい……」

と、香緒里がつぶやく。香緒里だけでなく、まわりの江戸の民も、きれいだ、美しい、気高い、と声をあげている。

そうなのだ。乳房もあらわに磔にされて痛々しいのではなく、美しいのだ。

結衣はいつもそうだ。敵に捕らわれ、責められていても、その姿が美しく、思わず見惚れてしまう。今もそうだ。見惚れている場合ではないのだが、ついつい磔姿に見入ってしまう。

お民も五本の指をからめてきた。ちらりと横顔を見ると、お民も香緒里同様、憧《あこが》れの目で磔にされた結衣を見ている。

結衣の股間には槍があった。とがった先端が、おなごの下帯が食いこむ割れ目を狙っている。

明朝、懺悔せねば、この躰に罰が下されると聞いている。結衣が懺悔することは万が一にもないだろう。ということは、あの槍の先端が結衣の割れ目を、女陰《ほと》を貫くことになる。

「ならねえ……絶対、ならねえ」

「どうしたの、源太さん」

香緒里が品のいい美貌を向けてくる。

「助けないと。天女様を助けないと、処女花が散らされてしまう」

「処女花……」

さらに香緒里が強く握ってくる。自分の処女花が槍で散らされるところを想像したのか、ぶるぶる震えはじめる。

「大丈夫ですかい、お嬢さん」

「は、はい……」

香緒里は真っ青になっている。

「だめよ、源太さん。天女様の処女花が散らされるなんて……ああ、絶対、だめ」

「あっしがなんとかします」

と言うものの、磔台は柵で囲まれ、その柵も先端がすべてとがっていた。そして柵のまわりには、十人もの屈強な男たちが立ちはだかっている。褌《ふんどし》一丁で、隆々《りゅうりゅう》とした筋肉を見せつけている。

町方ではない。このために力自慢を雇ったのだろう。みな、鉄の棒を持っている。鬼のようだ。

脇にひとりだけ、定町廻り同心が立って見張っている。

「天女様がおかわいそうだっ。放してやれっ」

と、先頭にいた町人のひとりが柵に近寄っていく。すると、見張りのひとりが鉄の棒をぐっと突き出した。町人の胸もとで炸裂《さくれつ》し、ぐえっ、と吹っ飛ぶ。

それを見て、江戸の民が静まり返る。

香緒里の震えが止まらない。

「お嬢さん、大丈夫ですか」

「あ、ああ……天女様、どうなるの……明日、懺悔するのよね。明日、放してもらえるのよね」

「わかりません……」

「ああ、ひどい……ひどいわ……」

「おまえ、お上《かみ》になにか言いたいことがあるのか」

見張りのひとりが、鉄の棒を香緒里に向けて突き出した。

すると、ひいっ、と声をあげ、香緒里は白目を剝いた。

「お嬢さんっ」

と、源太は香緒里を抱き止める。小袖ごしだったが、なんともやわらかな感触だった。しかも、いい匂いがした。

目の前で結衣が磔にされているというのに、源太は香緒里を抱き寄せ、股間を疼《うず》かせていた。

そんな自分がいやになるが、あまりにも香緒里の抱き心地がよすぎた。匂いがそそりすぎた。

「戻りましょう、源太さん」

と、お民が言い、そうだな、と源太は香緒里を抱いたまま、さがろうとした。

そのとき視線を感じ、結衣のほうを見た。

すると、結衣がこちらを見ていた。案ずるような目だ。

「大丈夫ですか」

と、結衣が声をかけてきた。その声に、香緒里がはっと目を覚ました。

「目を覚ましましたね」

「あっ、天女様っ、ああ、天女様っ」

と、香緒里が叫び、源太から離れ、柵に迫っていく。すると、

「寄るなっ」

と、男たちが鉄の棒を突き出す。小袖ごしに胸もとを押され、あっと香緒里がよろめく。それを背後から源太が抱き止めた。偶然だったが、小袖の上から胸もとをつかんでしまう。

「お助けくださいっ。天女様をお助けくださいっ」

源太に胸もとをつかまれたまま、香緒里が叫ぶ。

「おまえも乳をまる出しで磔にされたいか」

と、定町廻り同心が十手を出して、寄ってくる。

「磔……」

　またも、香緒里は白目を剥き、躰を源太に預けてきた。源太は強く胸もとをつかんでいた。

五

　日が暮れても、磔台のまわりの人だかりは減らなかった。むしろ噂を聞きつけ、品川などの遠方から足を運ぶ者もあらわれていた。

　その中に、彦三郎もいた。黒羽織だと目立つゆえ、着流しで腰に一本差した姿で群衆の中にいた。

　人をかき分け、どうにか四列目まで迫った。それ以上迫ると、見張りの定町廻り同心に見つかる心配があった。見張りは交代でやっている。今は笹岡《ささおか》という定町廻り同心が見張りに立っていた。

　彦三郎には声がかかっていなかった。鳥居耀蔵が彦三郎ははずすように命じていた。

　柵のまわりには篝火《かがりび》が焚《た》かれ、磔にされている結衣の躰だけが浮かびあがっていた。

白い肌は炎を受けて赤く染まっている。それが、なんとも言えない妖《あや》しげな雰囲気を醸《かも》し出していた。

結衣どの……。

神々《こうごう》しいまでの美しさを見せている結衣に、彦三郎はしばし見惚れる。

しかし、どうやって助けたらいいのか。

「槍とは水野らしいな」

と、耳もとで声がして、はっとふり返った。

「遠山さ……」

様、と言う前に、口を手のひらで押さえられた。すみません、と頭をさげる。

北町奉行、遠山景元は、遊び人のなりで彦三郎の背後に立っていた。

「しかし、結衣どのは美しいな」

思わず、はい、とうなずいてしまう。

「俺は惚れたぜ」

「えっ……」

「結衣どのの処女花は、まだ健在なのだろう」

「は、はい……」

「そうか。それを妖怪が狙っているな。結衣どのを見たことがない水野が、槍で女陰を突き刺すように命じたのであろう。生身の結衣どのを目にしたら、そのようなことは考えない」

「そうですね」

「明朝、妖怪がどう出るかだな」

「と言いますと……」

「鳥居は結衣どのの処女を自分の魔羅で散らしたがっているんだ。水野の命で磔にしたものの、この神々しい美しさを見て、俺同様、惚れなおしているはずだ」

「どこかで見ていますか」

「たぶん、そばにいるだろう」

えっ、と彦三郎はあたりを見まわす。まわりには町人しかいない。

「これだけ美しい結衣どのを見ないはずがないだろう」

確かに、この姿を見ないことはありえない。

「ますます、おのが魔羅で処女花を散らしたいと思っているはずだ」

「そうですね」

「結衣どのが懺悔することは万にひとつもないだろう」

「はい」

「となると、明朝、見せしめの処刑が行われる」

彦三郎は結衣の股間を見る。とがった槍の先端が、おなごの下帯を突き破り、
そして、処女花を散らすのだ。

「ならんっ」

と、彦三郎は思わず大きな声をあげてしまう。

まわりの男たちが、じろりと彦三郎を見やる。が、構わず、ならん、ならんっ、
と声をあげつづける。

「そうだな。ならんぞ。結衣どのの処女花はこの金四郎が散らすからな」

「えっ」

と、彦三郎は思わずふり返る。金四郎はにやりと笑っている。金四郎特有の
戯言《ざれごと》だと思ったが、結衣に向ける目が今までと違っているように感じた。

磔にされている結衣を見て、金四郎の中の男が騒ぎ出したのか。

鳥居耀蔵、金四郎、そして彦三郎。

みなが結衣の処女花を狙っている。彦三郎にはこれまで何度となく破る機会は

あったのだ。

結衣どの。必ず助けて、そして今度こそ、すぐに肉の契《ちぎ》りを結ぶぞ。

そのすぐそばに、水野忠邦がいた。大店《おおだな》の主《あるじ》のようななりをして、番頭のようななりをした家臣をひとりだけつけていた。

気になったのだ。なにごとも即座に動く鳥居耀蔵が、野放しにしてきた天保の天女が。

「これは、美しい」

磔にされたおなごを見てすぐに、忠邦はそうつぶやいていた。隣に立つ家臣の高木《たかぎ》も、そうですね、とうなずいた。

ひと目見て、鳥居耀蔵が天保の天女に執心しているのがわかった。

このおなご、生娘だと言っていたな。

鳥居が言っているのだから、間違いないだろう。この躰で割れ目の奥に、まだ生娘の膜を張っているとは。

美しいだけではなく、その中身もそそるということか。

「あれは、下帯か」

「おなごの下帯のようです。今、天保の天女をまねて、市中のおなごたちの間で、密《ひそ》かに流行《はや》っているそうです」

「ほう。おなごがみな、割れ目に食いこませているのか」

「はい」

「腋に毛がないな。天保の天女は剃っておるのか」

剝き出しの腋のくぼみに、和毛の類《たぐい》がなかった。すっきりとしたくぼみは、そそった。

「あれも、流行っております」

おなごの下帯が食いこむ割れ目の真下に、槍が置かれている。とがった先端が、処女花を狙っている。

明日、懺悔しなければ、槍で散らせと命じていたが、ちと惜しい気がしてきた。槍で散らすことが、果たして見せしめになるのだろうか。

夜もかなり更けていたが、大勢の江戸の民が集まっている。みな、男女問わず、天保の天女を尊敬し、憧れ、そして惚れている。

そんなおなごの股間を槍で突き刺してよいのか。

鳥居は懺悔することはないと言っていた。となると明朝、処刑が行われることになる。忠邦自身が命じているからだ。

さて、どうしたものか。

六

夜が明けてきた。朝の日差しを受けて、結衣の裸体が輝きはじめる。

「おうっ、これはっ」

「ああ、天女様っ」

ずっと居残っていた大勢の江戸の民が、神々しいばかりの姿に驚きの声をあげ、手を合わせる者もあらわれはじめた。

ひと晩、ずっとさらし者となっていたが、宙を見つめる結衣の眼差しから正義の光は消えていなかった。

天女様っ、とみなが名を呼んでいると、どけどけっ、という声が聞こえてきた。

「ああ、妖怪だっ」

鳥居耀蔵が姿を見せた。しかも、馬に乗っていた。耀蔵の前だけが開いていく。

耀蔵は江戸の民を睥睨《へいげい》しつつ、磔台に近づいていく。左手で手綱《たづな》を持っていたが、右手には鞭《むち》が握られていた。

「邪魔だっ」

と、江戸の民に向かって鞭をふるう。ひいっ、とあちこちで悲鳴があがる。そのたびにざわついた。が、表立って非難の声をあげる者はいない。みな、救いを求めるように、天保の天女を見つめる。

天保の天女は両腕を縛られ、十字柱に磔にされていたが、それでもみなが頼っていた。

耀蔵の乗った馬が、磔台のそばについた。耀蔵が馬を下りる。高坂が手綱を受け取った。

耀蔵が磔台にあがる。

「さて、これから、このおなごの吟味《ぎんみ》をいたすっ」

耀蔵の野太い声が両国広小路に響きわたる。

「名を名乗れ、おなご」

結衣は答えず、宙を見つめている。

「名乗れっ」

と、耀蔵が鞭をふるった。太腿にぴしゃりと炸裂する。

群衆にどよめきが起こる。

「名を名乗れっ、おなごっ」

もう一度、耀蔵が聞く。が、結衣は黙ったままだ。

「このアマっ、わしを甘くみるでないっ」

耀蔵が鞭をふりあげ、今度はあらわなままの乳房に炸裂させた。

ひいっ、とあちこちでおなごの悲鳴があがった。

美麗なお椀《わんがた》形のふくらみの裾のほうに、ひとすじ鞭の痕が浮かびあがる。

「名を名乗れっ。次は乳首じゃっ」

耀蔵が迫る。が、結衣はすんだ瞳で前を見つめているだけだ。

江戸の民はみな、固唾を呑んで見つめている。男たちの中には、乳首を鞭打たれる天女を見たいと願う者も多い。

男たちの視線を乳首に受けて、ぷくっとさらにとがっていく。

そこに、耀蔵が放った鞭が炸裂した。

さすがの結衣も、ひいっ、と声をあげた。

「天女様っ」

痛みに耐える結衣に、江戸の民は異常な昂りを覚えはじめる。もちろん、みな容赦のない妖怪の所業に怒っていた。が、怒りながらも興奮していた。異様な熱気が生まれはじめていた。

「名を名乗れっ」

と、耀蔵がさらに鞭をふる。しゅっと空気を裂き、右、左、右と的確に鞭の先端が乳首を捉えた。

炸裂するたびに結衣は、

「ひいっ」

と、悲鳴のような声をあげて、十字に縛られた躰を震わせた。乳房にうっすらとあぶら汗がにじみはじめる。

それが朝日を受けて、きらきらと輝きはじめる。

「強情なおなごじゃ」

耀蔵は結衣のあごを摘まみ、美貌を自分のほうに向かせ、にらみつける。同心たちでもひとにらみで震えあがっていたが、結衣はすんだ瞳でにらみ返す。

「よかろう。ここで、おまえに慈悲をくれてやる。南町奉行鳥居耀蔵の慈悲じゃあっ」

と、群衆に向かって叫ぶ。

「懺悔するがよい。水野様のご改革に異を唱えたことを謝れば、遠島でゆるしてやろう」

そう言って、あごから手を放す。

「さあ、江戸の民に向かって、しっかりと詫びろ」

「抑圧するだけでは改革は進みませんっ。奢侈禁止令を即刻やめることを訴えますっ」

「なんだとっ」

耀蔵は真っ赤になって憤怒《ふんぬ》し、結衣の乳房めがけて、鞭をふるう。

乳首だけではなく、たわわなふくらみにも次々と炸裂する。

「水野様は失政の責任を取り、即刻、老中首座をおやめになることですっ」

結衣の声が朗々と両国広小路に響きわたった。

「なんてことをっ」

耀蔵がさらに結衣に鞭をふるいつづけるなか、匕首が飛んできた。

結衣の右手首を縛っていた縄を見事に切り、そして落下した。

結衣は自由になった右手で落ちていく匕首の柄をつかむと、すぐさま左手首に巻かれた縄を切った。

「なにをしているっ」

耀蔵があわてた。

結衣は匕首を耀蔵の顔面めがけ、しゅっと突き出した。太刀さばき同様、鋭い突き出しに耀蔵が怯《ひる》む。

その隙を見て、鞭を持つ手首に匕首を向ける。しゅっと刃が動き、耀蔵の手の甲をかすめた。斬られたと思ったのか、耀蔵の手から鞭が落ちていく。

それをさっとつかんだ結衣が耀蔵めがけ、鞭を放った。

いきなり顔面に炸裂し、ぎゃあっ、と耀蔵が叫ぶ。

その間に結衣はしゃがみ、両足首に巻かれた縄を匕首で切る。

「お奉行っ」

と、ふたりの定町廻り同心が磔台にあがろうとした。

自由になった結衣は台で仁王立《におうだ》ちとなり、耀蔵めがけ、次々と鞭を放っていく。

と同時に、鞭で同心たちを牽制する。

江戸の民たちは歓声をあげていた。

「鳥居耀蔵っ、江戸の民を苦しめて、なにが面白いっ。恥を知れっ」

と叫び、いきなり、白くて長い足で耀蔵の股間を蹴《け》りあげた。

ぐえっ、とうめき、耀蔵が膝をついた。

結衣は耀蔵の顔面に蹴りを見舞い、ひっくり返した。

「おうっ」

と、江戸の民の興奮が頂点に達する。

「おのれっ、おなごっ」

と、笹岡と真北が磔台にあがろうとする。その顔面に向けて結衣が次々と鞭を放つ。顔面にもろに受けた笹岡と真北が、ぎゃあっ、と叫び、台から落ちていく。

「みなで江戸の暮らしを守ろうっ」

と叫ぶなり、結衣は磔台から飛んだ。

次の刹那《せつな》、馬に跨がっていた。高坂が手綱を持っていたが、結衣が馬の腹を両足でたたくと、馬はひひぃんと嘶《いなな》き、駆けはじめた。

高坂を倒し、磔台の前で反転する。

結衣が跨がった馬は、群衆に向かって駆けはじめる。江戸の民はいっせいに前を開けた。

そこを一気に駆け抜けていく。鞭の痕だらけの乳房が大きく弾み、背中に流した黒髪が舞った。

「天女様っ」

とみな、馬に跨がる結衣に向かって手を合わせる。


「馬か。鳥居も考えたな」

大店の主人姿の水野忠邦がつぶやく。

「考えた、と申しますと」

番頭のようななりをした家臣の高木が怪訝《けげん》な表情で聞く。

老中首座水野忠邦は、群衆の中にいた。

「天保の天女を逃がすために、わざと馬であらわれたのじゃ」

「なんとっ」

高木が目を見張る。

「思惑《おもわく》通り馬で逃げればよし、逃げなければそれまでのおなごと考えたのだろう。しかし、あのおなご、たいしたものだ」

と、忠邦が感心したようにうなずく。

「しかし、殿っ、よろしいのでしょうか」

「見てみろ、高木」

「えっ」

「みな、喜んでいるであろう」

「そ、そうですね……」

「まさか、これほどまでに鬱憤がたまっていたとは予想外であった」

江戸の民はみな、天女っ、天女っ、と腕をあげて叫んでいる。かなり興奮している。

「憂《う》さ晴らしじゃ、高木」

「う、憂さ……晴らし……」

高木は怪訝な顔で聞く。

「鬱憤はどこかで晴らさなければならない。たまったまま爆発させると、打ち壊しや暴動が起こる。それを、鳥居は躰を張って防いだのじゃ」

「躰を、張って……」

「みなの前で裸のおなごに鞭打たれたのじゃ。慰労してやらぬとな」

「ということは……失態ではないのですね」

「当たり前じゃ」

行くぞ、と忠邦は江戸の民に紛《まぎ》れていった。

七

結衣は馬を下り、手綱を橋の欄干《らんかん》に括《くく》りつけた。

両国橋《りょうごくばし》を馬で渡ると、すみれが両腕をあげて、合図を送ってきた。

「結衣様っ」

「こっちにっ」

と、すみれが先導して、大川へと土手を降りていく。一気に馬で駆け抜けてきただけに、誰も追いついてはいない。

大川には猪牙船《ちょきぶね》が用意されていた。そこで五郎が待っていた。乳を弾ませ駆け寄ってくる結衣を、眩《まぶ》しそうに見つめている。

「おなご知らずには毒です。これを」

と、先に猪牙船に乗りこんだすみれが、小袖を結衣にわたす。

「五郎さん、まだ、おなごを知らぬのですか」

小袖に腕を通しつつ、結衣が問う。

「はい……すいやせん」

五郎はじっと結衣の乳房を見ている。

「そ、それは……なんの痕ですか」

と、五郎が聞く。

前を合わせようとしていた結衣ははだけて、乳房を見せた。

「鞭、ですか」

と、すみれが聞く。

「そう。妖怪にぶたれたの」

「なんてことを」

「でも、ぶち返してやったから」

結衣はようやく笑顔を見せて、小袖の前を合わせた。乳房が消えて、五郎が残念そうな顔をする。

「五郎、なにしているの。船を出しなさい」

すみれに言われ、へい、と五郎が棹《さお》を川面《かわも》に差す。すうっと猪牙船が出ていく。

「結衣様、髪型を変えますすね」

と、背後にまわったすみれが根元の結び目を解き、長い髪を巻きあげる。そして、手早く結っていく。

「髪型はいろいろ変えますから」

「上手《じょうず》ね」

「でも、よくここがわかりましたね」

棹を動かしつつ、五郎が聞く。

「翔太を見つけたとき、助けてくれると思ったの。案の定、匕首投げで縄を切ってくれたわ。そのとき、翔太を見たの。翔太は、両国橋って叫んでいたわ。歓声がすごくて、まわりで聞いている者はいなかったと思うけど、私には翔太の声がはっきり聞こえたの」

「まさか、馬で来るとは思っていませんでした」

と、すみれが言う。

「妖怪が馬であらわれたのよ」

「そうなんですか……目立ちたいんですね。それとも、集まった江戸の民に権威を示したいのかしら」

「私を逃がすためよ……」

と、結衣は言った。

「えっ、どうして妖怪が……妖怪が捕らえたんですよね」

「そう。でも、きっとそうだわ。妖怪には隙があったの。ほんのわずかな隙だけど、私にはわかったわ」

「でも、どうして……」

「きっと、私の処女花を守ったのよ」

「えっ」

「槍では散らしたくなかったのね」

「そ、そうなんですか……」

「だから、今も見張りをつけているはずなんだけど、馬には追いつかなかったかもしれないわ」

結衣がそう言うと、すみれと五郎があらためてあたりを見まわす。すでに大川の真ん中にまで出ていた。多くの江戸の民が両国広小路に集まっているためか、今朝の大川は船が少なかった。

三人を乗せた猪牙船は大川を下っていく。

「鞭の傷、もう一度見せてください」

と、すみれが言い、結衣は小袖を諸肌《もろはだ》脱ぎにした。五郎がすぐさま見つめてくる。

お椀形の美麗なふくらみのあちこちに鞭の痕が残っている。赤いものだけではなく、紫のものもあった。

「あっ、血が」

と言うなり、すみれがすうっと美貌を寄せてきた。そして舌を出すなり、傷痕から出ている血を舐《な》めた。

「すみれさん……」

五郎がごくりと生唾《なまつば》を飲む。そんななか、すみれはぺろぺろ、ぺろぺろと傷痕を舐めていく。

紫の傷痕も赤い傷痕も、すみれの唾まみれになっていく。と同時に、さらに乳首がぷくっと充血する。

もちろん、すみれは乳首は舐めない。傷を癒《いや》しているだけだ。が、ときおり乳輪に舌を向けてきた。乳首のまわりをなぞるように舐め、結衣がはあっと火の息を洩《も》らすと、傷痕へと戻った。

「五郎、手が動いていないよ」

美貌をあげて、すみれがそう言う。すいやせんっ、と五郎があわてて棹を動かした。

三人を乗せた猪牙船は大川を下っていた。

「汗の匂いが、恥ずかしいわ……一日、満座の中に磔にされていたから……」

「ううん。とてもいい匂いです。なんか、くらくらします、結衣様」

「はやく、躰を清めたい」

「そうですね」

と言いつつ、すみれは傷痕を舐めつづける。

「もう、いいわ。ありがとう」

と、結衣が言うと、すみれがとがりきった乳首をぺろりと舐めてきた。

「あんっ」

と、結衣が甘い声をあげ、すみれはそのまま乳首に吸いついた。じゅるっと唾を塗《まぶ》しつつ、吸ってくる。

「あっ、ああ……あああっ」

結衣はかなり敏感な反応を見せた。

「ごめんなさい……つい……結衣様の乳首を見ていたら、吸ってみたくなってしまって」

と言うなり、左の乳首にもすみれが吸いついてくる。唾まみれの右の乳首を摘まみ、ころがしてくる。

「ああ、ああっ……いけないわ……あ、ああっ」

結衣はがくがくと上体を震わせる。乳首が異常に感じやすくなっていた。

きっと一日、裸同然の姿で磔にされ、大勢の男たちの視線を浴びていたからだ。

江戸の民の視線を受けつづけ、それに躰が反応していたのだ。

すみれはちゅうちゅう乳首を吸ってくる。それを押しやることができない。

「あ、ああ……ああ……」

結衣が甘い声をあげるたびに、五郎が腰をくねらせる。

「つらそう。結衣様、つらそう」

そう言うと、すみれが割れ目に食い入っているおなごの下帯に手をかけてきた。

「な、なにを……」

するの、と言う前に、下帯を引かれる。おなごの下帯はかなり食いこんでいて、
処女の粘膜とともに引きずられる。

それは大量の蜜でぬらぬらになっていた。

「ああ、結衣様」

すみれがおなごの下帯を取るなり、股間に美貌を埋《うず》めていった。おさねを口に

含み、強く吸ってくる。

「ああっ」

結衣はいきなり歓喜の声をあげていた。

「ゆ、結衣様……」

五郎の手がまた止まる。

「いい、いいっ、いいっ」

結衣の愉悦の叫びが大川に流れる。早朝、農家からの野菜を積んだ猪牙船が行き交っていたが、みな棹を止めて、裸でよがるおなごを見つめる。

「あ、ああ、ああっ、だめだめ……あ、ああっ」

猪牙船の上でおなごに股間を舐められよがっている裸のおなごが、まさか天保の天女だとは誰も思わないだろう。

「もう、だめ……ああ、それ以上されたらっ……ああ、恥をかきますっ」

すみれは結衣のおさねに吸いついたまま離れない。強く吸いつづけている。

どうしてもそれを押しやれない。

「あ、ああ、ああっ、だめだめ……もう、だめ……い、いく……いくいく、いくうっ」

天保の天女のいまわの声が、早朝の大川に響きわたった。

「ああ、結衣様……」

五郎は股間を押さえ、腰をくねらせていた。できたら、この場で手すさびをしたい。

結衣が気をやっても、すみれは股間から顔をあげない。おさねに吸いついたままだ。

「あ、ああっ、だめだめ……すみれさん……ああ、もう、だめ……あ、ああっ、だめよっ」

いったばかりの結衣の裸体ががくがくと震える。

「ああ、結衣様っ」

ついに五郎が棹を持ったまま結衣に迫った。そして、結衣の唾まみれの乳首にしゃぶりついていった。

「ああっ、五郎さんっ……なにをっ……」

おさね吸いだけでも結衣の躰は敏感な反応を見せていたが、そこに乳首吸いまで加わって、あらたな炎が一気に噴きあがり、結衣の脳髄《のうずい》を炙《あぶ》ってくる。

「あ、ああっ、ああっ、あああああっ」

「うん、うんっ」

五郎は貪《むさぼ》るように右の乳首を吸いつつ棹を胴の間に置くと、左の乳房を無骨な手でつかんでいった。

鞭の痕まみれのふくらみを、こねるように揉《も》んでいく。

「だめだめ……あ、ああっ、また、また、恥を……あああ、恥を……いく、いく、いく、いくうっ」

またも結衣のいまわの声が大川に響く。

いつの間にか、結衣たちを乗せた猪牙船のまわりに六艘《そう》もの猪牙船が集まっていた。

「ああ、たまらなえっ。ああ、結衣様の乳、たまらねえ」

おなご知らずの五郎は、はじめての乳の感触に惚《ほう》けたような顔になっていた。

第五章　処女の神通力

一

結衣を乗せた猪牙《ちょき》船《ぶね》を囲む船の中に、宮下助一郎が乗っていた。

夜が明ける前に、鳥居耀蔵に呼ばれ、両国広小路の公開吟味《ぎんみ》からはずれるように言われた。これまでの失態の数々により、ついに年貢《ねんぐ》の納めどきが来たのかと思ったが、違っていた。

「宮下、おまえは足が格別はやいと聞いているが、真《まこと》か」

「はっ」

「天保の天女こと坂木結衣が馬で逃げるやもしれぬ」

「馬で……なにゆえ、馬で……」

「わしが馬で結衣のもとに向かうからじゃ」

「坂木結衣が、馬を奪って逃げると……」

「そのようなこともあるやもしれぬ、と言っているのだ」

「さすが、お奉行。万が一のことを考えておられるのですね」

「そこでじゃ、馬で逃げたら、おまえが追うのだ」

「私が……」

「そうだ。恐らく、両国橋を渡るであろう。町中に馬を走らせることはしないはずだ」

宮下はうなずく。

「それで、隠れ家まで追い、そこを確認したら、わしに知らせろ。わしだけにだ。わかったな、宮下。これはおまえを見こんで、命じておるのだ」

ぎろりとにらまれ、宮下は、ははっ、と返事をしたのだ。

そして鳥居耀蔵の予想通り、天保の天女は馬で逃げてきた。おなごの下帯《したおび》だけの姿で、たわわな乳房を弾ませながらだ。そして予想通り、両国橋を渡った。

橋のたもとの船着場に猪牙船があり、それに結衣は清太郎一座の者と乗りこんだ。

猪牙船が漕《こ》ぎ出したところで、健脚の宮下は両国橋まで来ていた。

夜が明けて間もないこの刻限、農産物や海産物を乗せた猪牙船が行き交っていた。宮下はすぐさま小判をちらつかせ、そのうちのひとつの猪牙船に乗りこんだ。川下に向かっていることはわかっていたが、かなり離れてしまっていた。追いつけなかったら、またも小普請組に逆戻りだとあせったが、なぜか途中で止まっていた。

そばに寄ると、結衣はおなごの下帯を剝《は》がれ、そこに一座のおなごが顔を埋《うず》めていた。

「乳に、すごい鞭《むち》の痕《あと》がありますね」

猪牙船の船頭がそう言った。猪牙船には船頭のほかに、農民がひとり乗っていた。多くの野菜が積みこまれている。

「そうだな」

両国広小路の外にいた宮下は、どんな吟味が行われていたかは知らなかったが、結衣の乳房に残る鞭痕を見ればだいたいわかった。

「しかし、なんともいいおなごですなあ」

「天保の天女だ」

と言うと、えっ、と船頭と農民が驚きの声をあげた。胴の間に座ったままの農民が立ちあがり、舳先《へさき》にやってくる。

「あ、あれが、天保の天女……でも、お奉行様の手で捕らえられたんじゃないんですかい」

「逃げてきたんだ」

「逃げてきた……鳥居耀蔵様からですか」

「そうだ」

「ありえねえことですね……」

「そうだな」

船頭の言う通り、鳥居耀蔵から逃げられるなどありえないことだ。が、それが今、起こっている。すぐそばで、おなごに股間を舐《な》められ、よがっているのだ。

恐らく、お奉行は逃がしたのだ。馬であらわれたのもわざとだ。そうなると、俺を見張りにつけた意味もわかる。お奉行はわしだけに隠れ家を教えろと言っていた。

お奉行は天保の天女をおのが女にしたいのではないのか。公《おおやけ》に捕らえるのではなく、密《ひそ》かに捕らえて、自分だけのおなごに、自分だけの牝《めす》にしたいのでは。

あのまま吟味が進めば、槍《やり》で結衣の股間を突き刺すことになっていた。槍ではなく、おのが魔羅《まら》で突き刺したくなったのだろう。

それはわかる。そばで結衣を見ていれば、お奉行の思いが痛いほどわかる。

「あ、ああ、ああっ、だめだめ……もう、だめ……い、いく……いくいく、いくうっ」

結衣がいまわの声をあげた。

「す、すげえ……気をやりましたよ」

「そうだな」

「なんて顔をして気をやるんだい」

「もっと寄せてみろ」

へい、と船頭が棹《さお》を動かす。すうっと猪牙船が迫る。すでに、結衣が乗った猪牙船は六艘《そう》の猪牙船に囲まれていた。みな、野菜を乗せている。

「あっ、野郎が乳に吸いつきましたぜ。ちきしょうっ。うらやましいぜっ」

一座の者らしい若い男が、結衣の乳房にしゃぶりついていった。恐らく、我慢できなくなったのであろう。

わかる。俺もできれば、しゃぶりつきたい。揉《も》みしだきたい。

「だめだめ……あ、ああっ、また、また、恥を……ああ、恥を……いく、いく

いく、いくうっ」

結衣のいまわの声が大川に響きつづけた。


そして、小半刻後《こはんとき》――宮下は深川《ふかがわ》のとある廃寺にいた。

そこに、結衣は一座の者たちと逃げこんでいた。

本堂に顔を寄せると、中から、おなごの喘《あえ》ぎ声が聞こえてきた。宮下は節穴から中をのぞく。

全裸の結衣が仰向《あおむ》けになっていた。その乳房にふたりのおなごがしゃぶりついていた。愛撫《あいぶ》ではなく、傷を癒《いや》すためなのだろうが、どう見ても愛撫だ。その証拠に、ふたりの舌は傷から乳首、乳首から傷、そしてまた乳首へと動いている。

結衣の乳首はぷくっと充血しきっている。

「ああ、たまらねえっ」

さきほど乳房に顔を埋めていた男が叫び、着物を脱ぎはじめる。褌《ふんどし》を取り、見事に勃起させた魔羅をしごきはじめる。

それが合図になったかのように、ほかの一座の男たちも着物を脱ぎ、魔羅を出していく。みな、びんびんだ。

「あ、ああ……翔太さん……お礼をさせて……」

乳首を吸われつつ、結衣がそう言う。

翔太と呼ばれた男が魔羅を揺らし、なにをしてくれるんですかい、と聞く。

「ああ、尺八《しやくはち》を吹かせて……まぐわいでお返しできたらいいのだけれど……まだ、生娘《きむすめ》だから、処女花は……思っている方がいるから」

思っている方とは誰だ。少なくともお奉行ではないだろう。

「わかりやした。喜んで礼をいただかせてもらいます」

翔太がそう言うと、乳房に顔を埋めていたふたりのおなごが離れた。

たわわなふくらみはおなごたちの唾《つば》でねとねとになっている。鞭の痕が淫《みだ》らに光っている。

結衣が起きあがった。仁王立《におうだ》ちの翔太の足下に膝《ひざ》をつき、反り返った魔羅に唇を寄せていく。

ああ、天保の天女が……尺八とは……。

結衣の唇が裏すじに押しつけられた。たったそれだけで翔太はうめき、腰を震わせる。

のぞいている宮下も腰を震わせていた。

くなくなと唇を押しつけつつ、鎌首《かまくび》まであげていく。そして、今度は先端をちゅちゅっと啄《ついば》むようにくちづけていく。

生娘だと言っていたが、魔羅にはかなり慣れているように見える。処女花を守るために、尺八で抜きまくっていたのかもしれない。そうしているうちに、魔羅を吹く技があがっているのかもしれない。

が、そんなことよりも、あの天保の天女がひざまずいて、唇を押しつけているだけで、異常な興奮を覚えてしまう。翔太もそうなのだろう。ずっと腰をくねらせている。

結衣が翔太を見あげた。

「ああ、結衣様……」

見つめられただけで、翔太が鈴口《すずぐち》から先走りの汁を大量に出した。

「磔《はりつけ》の場で翔太さんを見たとき、助かったと思ったわ……必ず、匕首《あいくち》投げで縄を切ってくれると思ったの。ありがとう」

と言うなり、我慢汁をぺろりと舐めあげていく。翔太を見あげたままだ。結衣の瞳は相変わらずすんでいた。そこには正義の光が宿っていた。それでいて、妖《あや》しく潤《うる》んでもいた。

すみながら妖しい。処女ゆえに、すんでいるのだろう。が、恐らくいろんな男が結衣の躰《からだ》を欲しがり、そのたびに尺八で逃れていたのではないのか。それゆえ、舌遣《したづか》いがなんともそそる。

舐めても舐めても、あらたな我慢汁が出て、それを結衣はていねいに舐め取っている。

「ああ、なんて顔をして舐めるんだいっ」

一座の男たちはみな、しごいている。ひとりだけ、しごいていない。年配の男だ。恐らく、一座の頭《かしら》なのだろう。

結衣が唇を開いた。鎌首を咥《くわ》えていく。唇に包まれ、翔太がうなる。若い男たちも、自分が咥えられたかのようになっている。

宮下もうなっていた。できれば、一座の男たちのようにしごきたかった。しごきたくてたまらなくなってくる。

坂木結衣。魔性のおなごだと思った。鳥居耀蔵が執心するのもわかる。処女花を自分の魔羅で散らすために、満座でわざと逃がしたのも今はうなずける。

破りたい。

結衣の唇は胴体までさがっている。優美な頬《ほお》をぐっとへこめつつ、胴体を根元まで呑《の》みこんでいく。

かなりの尺八上手《じょうず》だ。汗ばんだ裸体は絶品だ。お奉行がつけた鞭の痕さえ、結衣の裸体を美しく飾る装飾品となってしまっている。

あの躰に処女花が残っているのが信じられない。

散らしたい。ああ、散らしたい。魔羅が下帯の中でひくひく動くのがわかる。

もしかして、このまま見ているだけで出してしまうかもしれない。

結衣の口の中に、翔太の魔羅がすべて入った。そのままで、吸っていく。

「う、うう……あああ、結衣様っ」

翔太の腰ががくがくと震えはじめる。咥えこまれただけで、出しそうになっているのだ。

結衣の美貌《びぼう》が動きはじめた。

「うんっ、うっんっ、うんっ」

なんとも悩ましい吐息を洩らしつつ、上気させた美貌を上下させていく。めくれた唇から胴体があらわれ、すぐにまた呑みこまれる。そしてまた、あらわれる。

当然のことながら、唾でぬらぬらだ。

天保の天女の唾だと思うと、それだけで躰が震える。

「ああ、もう出そうだっ」

「だめっ、五郎っ」

と、おなごが叫ぶなか、五郎と呼ばれた一座の男が射精させた。あまりに勢いよく飛ばしたため、翔太の魔羅をしゃぶっている結衣の横顔にかかった。

二撃目は乳房、三撃目は二の腕にかかっていく。

なんてことだっ。

それを見たほかの男たちも、おうっ、とうなり、次々と射精させる。みな、勢いがよく、結衣の横顔や乳房に飛ばしていく。

その間も、結衣は翔太の魔羅を吸いつづけていた。頬や乳首からねっとりと精汁を垂らしつつ、うんうんうなって、美貌を上下させている。

ああ、結衣……ああ、結衣……。

たまらず、宮下は着物の帯を解《ほど》いていた。下帯ごしに魔羅をつかむ。

「どうだい。処女花は無事かい」

いきなり耳もとで声がして、宮下は凍りついた。

「無事かと聞いているんだ」

誰だ、とふり向く前に、うなじに手刀を打たれ、宮下は着物の前をはだけたまま、その場に崩れていった。

二

金四郎は鳥居耀蔵の手下にかわって、本堂の壁の節穴に顔を寄せていった。

「あ、あ、ああっ、出そうだっ」

男がうめいていた。その足下に裸の結衣が膝をつき、魔羅をしゃぶっている。

その横顔や乳房から精汁を垂らしている。

これは、これは……。

鳥居耀蔵の手下が役目も忘れて手すさびしようとしていたのもわかる。

「ああ、出る、出るっ」

と叫び、男は結衣の口の中に出していく。

「う、うぐぐ……」

結衣の美貌が一瞬歪《ゆが》む。が、すぐに、うっとりとした表情になる。真においし
そうな顔で、男の精汁を喉で受け止めている。

精汁なんてまずいだけだろう。が、結衣の顔を見ていると、極上の味のように

思えてくる。

「おう、おう……」

男は結衣の口に出しつづける。脈動がなかなか鎮《しず》まらないのか、腰を震わせつづけている。

夜明け前、結衣をどうやって助けようかと悩んでいたが、鳥居耀蔵が馬であらわれたのを見て、もしや、と思った。従えている同心の中に、一番の手下の宮下がいないのも気になった。

もしかしたら、鳥居耀蔵自身が結衣を逃がす気なのでは、と思ったのだ。金四郎は群衆の輪から出て、宮下を探した。すると、黒羽織を着ず、普段の着物姿の宮下を見つけたのだ。

恐らく、逃げた結衣を追え、と命じられているのだと思った。

実際、結衣は鳥居耀蔵を鞭打ち、馬に飛び乗り、こちらに逃げてきた。それを宮下が追い、それを金四郎が追った。さすがに馬ははやく、見逃したかと思ったが、大川の真ん中で猪牙船を止めて、結衣はおなごのおさね舐めによがっていて、追いつくことができた。

恐らく、鳥居耀蔵は結衣を自分だけのおなごにしたくて逃がしたのだ。逃がして、あらためて捕らえ、どこかに囲うつもりだったのだろう。

たっぷりと結衣の口に出した男が魔羅を引いた。出しきったと思ったが、魔羅は勃起したままだった。

結衣がごくんと喉を動かした。

「ああ、おいしかったわ……」

「ゆ、結衣様っ」

男が結衣を押し倒そうとした。だめっ、とまわりにいるおなごたちが止めようとする。すると男がおなごたちに平手を見舞い、そのまま結衣を押し倒し、勃起したままの魔羅の先端を結衣の割れ目に押しつけていった。

結衣はなぜか、逃げようとしなかった。磔で多くの江戸の民に裸を見られ、大川でおさねで気をやり、たくましい魔羅をしゃぶり、かなり高揚しているようだ。判断が鈍っているのだ。

それを見た金四郎は、まずいっ、と考えるより先に動いていた。本堂の戸を蹴《け》破《やぶ》り、中に飛びこむ。

「そこまでだっ」

まさに、鎌首を割れ目にめりこませようとしていた男がふり向いた。

「入れるなっ。大事な処女花を散らすなっ」

「うるさいっ」

男がそのまま鎌首をめりこませようとしたが、邪魔が入り、あせったのか、入口を捉えることができなかった。

その間に一気に迫った金四郎は背後から男の首に太い腕を巻き、締めあげていく。

まわりの者は金四郎の迫力に圧倒されて、動けずにいる。

「う、うう……入れたい、う、うう……入れたい……」

首を締めあげられてもなお、男は結衣の割れ目に鎌首をこすりつけ、結衣自身も逃げなかったが、男はその場に崩れていった。

「結衣どのっ」

と、金四郎は結衣の肩を揺さぶる。結衣の瞳は失神した男の魔羅に向いていた。

「俺だ。金四郎だっ」

「ああ、誰……」

結衣の瞳はうつろになっている。

金四郎は着物を諸肌《もろはだ》脱ぎにして、桜吹雪《さくらふぶき》を見せた。

「あっ、金四郎様っ」

結衣の瞳に光が戻った。

「処女花、危なかったぜ」

「えっ……」

「さあ、行くぜ。国芳が待っている」

「国芳さんが……」

「そう」

おなごのひとりが小袖《こそで》とおなごの下帯をわたしてきた。

「ありがとう、すみれさん」

おなごの下帯を割れ目に食いこませ、そして小袖を着た結衣は、一座の者たちに頭をさげて、金四郎とともに本堂を出た。

「私としたことが……色ぼけしてしまって……」

「そうだな」

「父上の加減はどうですか」

と、結衣が聞いてきた。

結衣の父はずっと病床に伏せっていた。歌川国芳を町方から助ける前に、金四郎が品川の江戸湾ぞいの家に移らせていた。父親を人質に取られることを防いでいた。

「変わりないと聞いている」

「そうですか。お気遣い、ありがとうございます」

「いいってことよ」

金四郎と結衣は猪牙船に乗った。


両国広小路に戻ると、大騒ぎとなっていた。

「天女様っ」

と叫びつつ、みなが踊り狂っていた。

「これは……」

「抑えられていたものが爆発したんだ。妖怪もこれは抑えることができない。いや、恐らく、抑える気はないな」

「抑える気がない……」

「ここで鬱憤《うっぷん》を晴らさせて、明日からまた厳しくやるつもりだ」

金四郎と結衣は踊り狂う江戸の民を見つめていた。結衣は髷《まげ》を結っていた。

天保の天女はおなごの下帯一枚で、漆黒《しっこく》の髪を背中に流している印象が強く、町娘のなりをしていると誰も結衣には気づかない。

「やはり、鳥居耀蔵はわざと逃がしたのですか」

「そうかもな」

「私の処女花が……欲しいのですね」

「さあ、行くぞ、結衣どの」

金四郎が両国広小路の喧噪《けんそう》の中を抜けていく。浅草へと向かう途中のとある仕舞屋《しもたや》に入っていった。

「邪魔するぜ」

と言いつつ、座敷へと入ると、そこに歌川国芳がいた。

熱心に絵筆を動かしている。

「天保の天女を連れてきたぞ」

と言っても、絵筆を止めない。

そこには、磔から逃れ、妖怪に鞭打つ結衣の姿が描かれていた。

「国芳っ、天保の天女を連れてきたぞっ」

と、金四郎が叫ぶ。すると、

「生娘のままか」

と、ふり返ることなく聞いてきた。

「そうだ。そうだよな、結衣どの」

と、金四郎は結衣を見た。結衣はいつものきりりとした表情に戻っていたが、おのれが描かれた絵をじっと見つめている。

「処女花は無事だよな、結衣どの」

「えっ……は、はい……」

「生娘のままだ、国芳さんっ」

そうかい、とそこでやっと国芳は筆を止めて、こちらを見た。

「ほう……これは、これは」

「どうしたい」

「いや、裸の結衣様をずっと両国広小路で見ていたからな」

「あそこに、おられたのですか」

「いたよ。ずっといた。磔にされていた結衣様は、まさに女神であったな。あんなに美しいおなごを見たことがない」

「そうですか……」

「いや、正確には裸ではないな。おなごの下帯で割れ目は隠していたからな」

と言って、国芳が描かれた天保の天女の股間を指さす。そこには、深紅《しんく》のおなごの下帯が食い入っている。

「しかし、妖怪を鞭打ったのは見事だったな。いやあ、まさに胸のすく思いとはこういうことだな」

「それが妖怪の狙《ねら》いだよ」

と、金四郎が言う。

「そうだろうな。しかし、すっきりしたことは間違いない。やはり、息抜きは必要なのだな」

見事だ、見事だ、と言って、国芳は結衣を見つめている。

「来てもらったのは、ここの中を描きたいからだ」

と言って、描かれたおなごの下帯を指さす。

「ここの中……ですか」

「そう。絵描《えか》きとしては、天保の天女の裸体を描きたくなるのは必定《ひつじょう》であるな」

国芳は全裸になるのが当然という顔で結衣を見ている。

「わかりました。天下の国芳に描いていただけるのなら、喜んですべてをさらしましょう」

「みなが喜ぶものを描いてやるぞ」

「みなが……」

「錦絵にするのだ。当たり前であろう」

「江戸中にさらすのですか」

「もう、充分さらしているだろう。割れ目を加えるだけだ。たいして変わりないだろう」

「い、いや……それは……」

ここではじめて結衣が頬を赤らめる。

「さあ、脱いでくれ。大刀も用意してある」

と言って、国芳は立ちあがり、座敷の奥から大刀をひとふり持ってきた。

「大刀をどうするのですか」

「もちろん、素っ裸で構えてもらうんだ。天保の天女はなにより大刀が似合う。鞭でもよいがな。まあ、もう鞭は描いたからな」

「わかりました。描いてください。そして江戸中にひろめてください。天保の天女はもう私だけのものではありませんから」

「そうだな。改革に反対する象徴のようなものだからな」

　と、金四郎はうなずいた。

三

　結衣は髷を解いた。ふわりと漆黒の髪が舞う。

　すると、はやくも町娘から天保の天女へと変わる。

　小袖の帯に手をかけ、しゅっと引く。前がはだけ、たわわなふくらみがあらわれる。

「ほう……」

　鞭痕を見て、国芳の目が光る。乳首は立ったままだ。

「まだ磔の余韻が残っているのだな、結衣どの」

「さきほどは、危うく一座の魔羅でおなごになりそうになりました」

「いかんっ。それはいかんぞっ、結衣どのっ。結衣どののこの美しさは、処女だからだ。穢《けが》れを知らない躰だから、江戸の民も男おなご関係なく、引き寄せられるのだ」

「生娘だから……引きつける……」

「そうだ。古代より、処女というのは尊いものだったのだ。みな、処女のおなごを崇《あが》め、敬ってきたのだ。天保の天女がこれほどまでに、みなの心をつかむのは、その躰が穢れていないからだ。それが江戸の民もわかるのだ。妖怪もそうだ。処女の躰に惑《まど》っているのだ」

「なるほどな」

と、金四郎がうんうんとうなずく。

結衣自身は彦三郎にこの躰を委《ゆだ》ねる気でいた。が、彦三郎が奥手ゆえに、処女のままできた。が、天保の天女として崇められている今、私の躰は私だけのものではなくなっている。

処女でなくなれば、神通力がなくなってしまうのかもしれない。

改革に反対の象徴となっている今、決して処女花は散らされてはならない気がする。例え、それが彦三郎相手でも……。

結衣は小袖を脱いだ。おなごの下帯だけとなる。きわどく割れ目を隠しているだけだ。

「そうだ。天保の天女は腋《わき》の毛を剃《そ》っているよな。見せてくれ」

おなごの下帯に手をかけた結衣に向かって、国芳がそう言う。

はい、とうなずき、結衣は両腕をあげていく。

腋のくぼみがあらわになる。ひと晩さらし者にされていたが、和毛も生えていない。相変わらず、すっきりとしたくぼみだ。

「ほう、これか」

と言いつつ、国芳が立ちあがり、寄ってくる。

いきなり腋のくぼみに鼻を押しつけてきた。

「あっ……国芳さん……」

国芳はうんうんうなりつつ、腋のくぼみの匂いを嗅《か》いでいる。

「これは極上だぞ、金さん。一日さらし者にされて、そのままの腋の匂いだ。あぁ、妖怪に嗅がせてやりたかったな」

そんなことを言いながら、国芳はしつこく鼻をこすりつけている。

「金さん、あんたも嗅げばいい。こんな匂い、もう一生、嗅げないかもしれないぞ」

と、あろうことか国芳が金四郎を誘う。金四郎を見ると、確かに嗅ぎたそうな顔をしている。

「金さん……よければ……」

と、結衣は言う。これはお礼だ。

「そうかい……じゃあ、ちょっとだけ……」

と言って、金四郎も寄ってくる。右の腋の下が空いている。そこに金四郎も顔を押しつけていた。

「はあっ……」

なぜか金四郎に嗅がせると、ぞくぞくしてくる。

「おう、これはなんと」

声を昂《たかぶ》らせ、金四郎もぐりぐりと鼻をこすりつけてくる。

「あ、ああ……はあっ……」

「ほう、天保の天女は遊び人が好きなようだな」

と、国芳が言う。そして舌を出すと、左の腋の下を舐めはじめた。

「あっ、それは……ああっ」

左の腋の下も感じてしまう。

「ああ、いい声だ、結衣どの……ああ、絵描きも好きか」

国芳がぺろりぺろりと腋のくぼみを舐めてくる。そこからぞくぞくとした刺激が走り、結衣の躰を熱く焦がしていく。

乳首は昨晩からずっととがったままだ。乳輪に埋まることがない。おなごの下帯が食い入る割れ目の奥も、濡らしているはずだ。

「俺も舐めさせてもらうぜ、結衣どの」

と言うなり、金四郎も右の腋のくぼみを舐めはじめた。

「あ、あああっ……あああ……」

結衣は火の息を吐き、おなごの下帯だけの躰をよじらせる。

国芳の舌が腋のくぼみからさがっていく。鎖骨《さこつ》を舐め、乳房のふくらみまで這《は》ってくる。

「国芳さん……も、もう……」

「ひと晩さらし者になって、風呂《ふろ》にも入らずいるのだろう」

「はい……」

「わしの舌で清めてやろう」

そう言うと、乳房を舐めはじめる。

「国芳さん……」

鞭の傷が癒《い》えはじめている乳房をぺろぺろと舐めてくる。そして乳首を口に含み、吸ってきた。

「はあっ、あんっ」

結衣は甲高《かんだか》い声をあげる。まだ吸われていない右の乳首がぷくっと充血して、ふるふると震える。

それを見た金四郎が右の乳房に顔を埋めてきた。

「ああっ、これはっ」

天下の桜吹雪と当代一の絵描きに、同時に乳首を吸われている。

「あ、ああっ、あんっ……ああっ……」

「生娘とはいえ、躰は開発されているようだな、結衣どの」

「あ、ああ……幾度となく捕らえられ……そのたびに肉の攻めを受けました……あ、ああ、その中で……ああ、躰が……」

「それでも、処女なのは奇跡だな」

と言うなり、国芳がしゃがんだ。割れ目に食い入るおなごの下帯に手をかけ、ぐっと引き剝ぎはじめる。

「あうっ、ああっ……」

処女の花びらごとに、引きずり出される。桃色の粘膜が蜜でどろどろになっている。

「ああ、これは……なんと……」

おなごの下帯を引き剝いだ国芳は、すぐさま閉じようとする割れ目に指をそえ、ぐっとくつろげていった。

「あ、ああ……ああ……女神だっ。まさに、女神の花びらだっ」

国芳が叫ぶなか、金四郎もしゃがみ、のぞきこんでくる。

「はあっ、ああ……ああ……」

結衣は羞恥地獄の中にいた。あらわにされている花びらがかっかと燃えている。

国芳がさがった。絵筆を持ち、あらたな紙を用意する。

「大刀を持ってくれ、結衣どの」

と、国芳が言う。金四郎はまだ、あらわにさせた処女の花びらをのぞきこんでいる。

「金さん、大刀を」

と言うと、金四郎が我に返ったような顔になり、そうだな、とそばに置かれた大刀を手にして、結衣にわたした。

すでに、割れ目はぴたっと閉じていた。

結衣はすらりと刃《やいば》を抜いた。

するといきなり雰囲気が変わった。凛《りん》とした輝きが放たれる。

「おう、これは。これほどまでに大刀が似合うおなごはいないぞ」

結衣の裸体を見つめる国芳の目がさらに光る。

「大刀をあげて、結衣どの」

と、国芳が言い、結衣は大刀を持った右手をあげる。すると、あらためて腋のくぼみがあらわれ、乳房の底が持ちあがる。

「ああ、女神だっ。天保の天女だっ」

国芳はそれから、一心不乱に絵筆を動かした。

四

宮下はあせっていた。何者かにうなじを打たれ、気を失った。気がついたときには、本堂はもぬけの殻《から》で、結衣の姿もなかった。

がらんとした本堂を見たときは、血の気が引いた。その場に膝をつき、しばらく動けなかった。これでお終《しま》いだ。役を解かれ、小普請組に戻り、恐らく一生、無役で暮らすのだ。

いやだっ。それだけはいやだっ。これまでしくじりは多かったが、なぜかお奉行は目をかけてくれていた。こたびもそうだ。結衣を捕らえて、お奉行に密かに引きわたす大切な役目を命じられたのだ。

その期待を裏切ってしまった。まずい。まずいっ。

宮下は両国広小路に戻っていた。大勢の江戸の民が残り、天女様っ、と叫んでいた。みな、笑っていた。天保の天女が処刑されず、馬で颯爽《さっそう》と逃げたことで、高揚しているのだ。

天保の改革がはじまってから、こんな光景は見たことがなかった。みな、踊り狂っていた。

「あれはっ……天保の天女っ」

踊っている江戸の民の中に、結衣を見つけた。

宮下は人をかき分け、迫っていく。

結衣、結衣、結衣っ。

そばに寄ると、似ていたが、違っていた。どこぞの大店《おおだな》の娘のようなおなごであった。その正面に、見知った顔があった。

こやつは確か、源太。結衣が師範代を務めている道場の門弟だ。

こやつなら、結衣の居所を知っているかもしれぬ。結衣に似ているおなごは、お奉行に進呈しよう。さすがに手ぶらはまずい。このおなごの女陰《ほと》でときを稼いでいる間に、結衣を探すのだ。

宮下は源太に迫った。背後に立つと十手《じって》を取り出し、機会を窺《うかが》う。

礫台のほうで歓声があがった。礫台が倒されたのだ。

源太もおなごも礫台のほうに目を向けた。今だ、と宮下は源太のうなじを十手で打った。不意をつかれた源太が膝から崩れていく。

「源太さんっ」

結衣似のおなごのそばにいた女中のようなおなごが声をあげた。

どうやら、結衣似のおなごのお付きのようだ。こちらもなかなか愛らしい顔をしていた。お奉行への土産《みやげ》が増えた、とにやりとする。

「大丈夫ですかい」

と、宮下は声をかける。黒羽織ではなく、着流し姿だった。今、この両国広小路で黒羽織を着ていたら、どんな目にあうかわかったものではない。

「いきなり、倒れてしまって」

「ああ、源太さんっ」

と、結衣似の美形も気づき、源太の肩を揺さぶる。

「そばに医者の知り合いがいます。そこまで運びましょう。手を貸して」

と言って、宮下は源太の右側の肩を抱く。すると、女中らしきおなごが左側の肩を持った。

「どいた、どいたっ」

と、宮下は声をかけ、群衆から抜け出そうとする。

「源太さんっ、源太さんっ」

結衣似の大店の娘ふうは、心配の目を源太に向けている。

その案ずる表情がなんともそそる。結衣を見つけるまで刻を稼ぐにしては上物《じょうもの》だろう。

群衆から出た。宮下は駕籠《かご》を見つけ、呼ぶ。源太を乗せ、酒代をわたしつつ、行き先を告げる。

「源太さんはっ」

「先に医者のところにやりました。さあ、私たちもあとを追いましょう」

と言った。はい、と駕籠を追うようにおなごたちが駆け出す。

両国橋を渡っていく。先にふたりのおなごが駆けている。どちらのうなじも、小袖の裾《すそ》からのぞくふくらはぎも、なんともそそる。

ふたりとも、もうしばらくすると、妖怪と対面することになる。それだけではない。妖怪の魔羅で女陰を突かれまくるのだ。

会ったとき、犯されるとわかったとき、いったいどんな顔を見せるのか楽しみだ。いや、その前に、お奉行は喜んでくださるだろうか。結衣ではないのだから。

両国橋を渡ると、回向院《えこういん》へと向かう。そのそばに、最近、お奉行があらたに家を買っていた。そこで待っているはずだ。

回向院の裏手に入ると、駕籠が止まっていた。

「あれが医者の家です」

と、宮下は前を走るふたりのうなじに向かって、そう言う。

ふたりが駕籠に追いついた。

垂れをめくると、気を失ったままの源太がいた。ふたりがかりで外に出す。

「ありがとうございます。私は日本橋の紅玉屋の娘の香緒里といいます。これは女中のお民です。あなた様のお名前は……」

源太の肩を抱いた状態で、香緒里と名乗った娘が宮下をすんだ瞳で見つめてくる。

宮下の心は罪悪感でざわつく。あまりにも娘の眼差《まなざ》しが透き通っていたからだ。やはり大店の娘だった。人を疑うことを知らないお嬢様だ。大店の娘にはよくいた。これまで悪い目にあったことがないのだ。まわりの人間はみな、善人ばかりだと思っている。

そうじゃないんだよ、お嬢さん。自分の保身のために、おまえを売ろうとしている町方もいるんだ。よく覚えておくことだ。

「名乗るほどの者じゃありません。さあ、はやく」

と言って、宮下は格子戸を開いて先に中に入る。

「さあ、こちらに」

宮下は源太の肩を抱いている香緒里とお民を案内する。

廊下を進み、両膝をつくと、

「宮下です」

と、襖《ふすま》の奥に声をかけた。

「入れ」

と、奥から声がした。鳥居耀蔵の声だ。南町奉行所には戻らず、ここで結衣を待っていたようだ。

「失礼します」

と言って、宮下は襖を開いた。さあ、と源太の肩を抱いている香緒里とお民を招く。

二十畳ほどの広々とした座敷の奥に座っていた鳥居耀蔵は、ひと目見るなり理解したのか、なにも言わず、値踏みするように香緒里とお民を見つめている。

「こちらがお医者様です」

と、宮下が香緒里とお民にそう言う。

医者と呼ばれた耀蔵が立ちあがった。着流し姿だ。こちらにやってくる。

医者を見た香緒里とお民がはっとなった。妖怪に似ていると思ったのだろう。

が、まさか、鳥居耀蔵がいるわけがないと思っているのだろう。

「ほう、これは源太ではないか」

と、耀蔵が言った。

「えっ、源太さんをご存じなのですか」

と、香緒里が聞く。

「知っておるぞ。坂木結衣の道場に通っている門弟じゃ」

「そうですっ。どうして、ご存じなんですかっ」

「わしが結衣の知り合いだからじゃ」

「そうなのですかっ」

「もう、かなり前からの知り合いじゃ。何度も煮え湯を飲まされた。こたびは満座の前で鞭まで打たれた。ここを見ろ」

と言って、耀蔵が鷲鼻《わしばな》を指さす。そこが真っ赤に腫《は》れていた。

それを見た香緒里とお民がぶるぶる震えはじめる。

「案ずるな。腫れてはいるが、たいしたことはない」

香緒里とお民の震えが止まらない。

「本来なら、今、ここで天保の天女の処女花をわしの魔羅で散らすところだったのが、このばかがしくじりよった」

と、耀蔵が控えている宮下を見た。

「申し訳ございませんっ」

宮下も香緒里とお民同様震えていた。

「まあ、よい。おまえごときに、簡単に坂木結衣を捕らえることができるとは思っておらぬ。それより、こうしてかわりを連れてきたのは感心するぞ、宮下。なかなか気の利く男じゃ」

「ありがとうございますっ」

宮下は額を畳にこすりつけつつ、涙をにじませていた。

「おまえ、名をなんという」

耀蔵が香緒里をにらみつけ、問う。

「か、香緒里と……申します」

迫力に気圧《けお》され、素直に名を告げる。おまえは、と耀蔵が女中に目を向ける。

「お、お民と……も、もうし……ます」

声も震えている。

「そうか。どちらもなかなかの美形ではないか。香緒里、おまえはちと結衣に似ておるな」

「わ、私が……天保の天女様に……」

「腋を見せい」

「えっ……」

「水野様のご改革に反対しているのかどうかは、おなごの場合、腋を見ればわかると聞いておる。そうであるよな、宮下」

「はいっ。さすがお奉行っ、市中のことはなんでもご存じで」

「当たり前じゃっ」

は、はっ、と宮下はさらに額を畳にこすりつける。すでに額がこすれていた。

「はやく腋を見せるのだ。お民、おまえもだ」

と、耀蔵がぎろりとお民も見やる。お民は、ひいっ、と声をあげて、小袖の帯の結び目を解きはじめる。帯を解くなり、小袖をはだけた。そして肌襦袢《はだジュバン》の前もはだけるが、乳房はあらわにならなかった。

晒《さらし》を胸もとに巻いていたのだ。

「それはなんだ、お民」

「こ、これは……さ、晒です」

「わかっておるっ。どうして晒を巻いておる」

「そ、それは……」

お民の震えが大きくなる。

「まあ、よい。腋を見せろ」

「は、はい……」

お民が小袖と肌襦袢を躰にそって滑らせた。晒と腰巻だけとなる。そして、両腕をあげていく。

　お民の腋の下があらわになる。

「なにゆえ、剃っている」

「そ、それは……」

　あげている腕が激しく震えている。それでも腕はあげつづけている。会ってすぐに、耀蔵はひとにらみでお民を支配していた。

「なにゆえ、剃っている」

「申し訳ございませんっ」

　と言って、お民はいきなりその場に膝をつき、額を畳にこすりつけた。

「なぜ、謝る」

「天保の天女様のまねを……していました……」

「水野様の改革に反対しているということだな」

「申し訳ございませんっ、お奉行様っ」

　お民の声が座敷に響きわたる。腰巻一枚で土下座を続けている。

「お民ちゃん……」

　香緒里は真っ青になっている。

そんな結衣似の香緒里を、耀蔵はぎろりと見やる。ひいっ、と香緒里は息を呑み、小袖の帯を解いていく。

そして震える手で前をはだけ、肌襦袢の前もはだける。

耀蔵の目がぎらりと光った。香緒里は胸もとに晒を巻いているだけではなく、股間にきわどいおなごの下帯を食いこませていたのだ。

「ほう、香緒里、おまえのほうが、より水野様の改革に反対しているようだな」

「い、いいえ……いいえ……」

と、香緒里は激しくかぶりをふる。

「では、なぜ、おなごの下帯をつけておる」

「そ、それは……天保の天女様のように……なりたくて……」

「奢侈《しゃし》禁止令に反対しているのであろうっ。おまえの店は呉服屋だ。華美なものは禁止されて不満があるのだろうっ」

「申し訳ございませんっ」

と、香緒里もお民の横にひざまずいていく。

「待てっ。腋を見ておらぬ。腋を見せいっ」

「はいっ」

香緒里は立ちあがり、小袖と肌襦袢を脱ぐ。そして、震える両腕をあげていく。

そのとき、そばにころがされている源太が目を覚ました。

「ああ、こ、ここは……あっ、よ、妖怪っ……」

「おまえ、なんてことをっ」

そばで平伏している宮下が驚きの声をあげる。

「あっ、お民ちゃんっ、あっ、香緒里さんっ」

源太が起きあがった。

「香緒里さんとお民さんはなにも罪はありませんっ。あっしが悪いんですっ。あっしが勝手に剃ったんですっ」

そう言うと、起きあがったばかりの源太が畳に膝をつき、ふたりをゆるしてください、と詫《わ》びを入れる。

それを見て香緒里も隣に膝をつき、申し訳ございません、と謝る。

耀蔵の足下で、宮下、香緒里、お民、源太がみな、土下座をしている。

源太は刃向かってくるかと思ったが、違っていた。やはり、刃向かってくるのは結衣だけだ。

結衣が恋しい。満座の中で、おなごの下帯一枚の結衣に鞭打たれたときは、耀蔵は射精しそうになっていたのだ。

「源太、結衣を連れてこい。そうすれば、香緒里とお民はゆるしてやろう。腋の毛は放っておけば、また生えてくるからな」

「ありがとうございますっ。すぐに結衣様をお連れしますっ」

と、源太が叫ぶ。

「居所を知っているのか。今、道場はもぬけの殻だぞ」

「知りませんっ。でも、すぐに連れてきますっ」

「結衣だけを連れてこい。日暮れまでに連れてこなかったら、お民の処女花を散らす」

ひいっ、とお民が声をあげ、そのまま崩れた。妖怪に犯されると聞かされ、気を失ったのだ。

「そして、四つ（午後十時頃）の鐘が鳴ったら、その音とともに、香緒里の処女花を魔羅で散らそうぞ」

香緒里も崩れていった。ふたりとも、妖怪に処女を散らされると聞いただけで、失神していた。

「ああ、香緒里さんっ」

源太が香緒里の肩を揺さぶるも、白目を剝《む》いたままでいる。お民の肩を揺するも、まったく反応がない。

「さあ、行け、源太。結衣だけを連れてくるのだぞ。わかっておろうな」

「はいっ」

と、頭をさげ、源太は座敷から出ていった。

宮下が面《おもて》をあげて、

「では、私も」

と、あとを追おうとする。

「行かなくてよい、宮下」

「しかし……」

「それよりも、縄を持ってこい。このおなごたちを縛るのだ」

はっ、と宮下が座敷を出ていく。

耀蔵は香緒里を仰向けにした。白目を剝いたままの頰を撫でる。大店の娘らしい肌理《きめ》の細かい肌触りだ。

胸もとの晒に手をかけた。ぐっと引き剝ぐと、たわわに実った乳房があらわれた。

ほう、と耀蔵はうなる。結衣と同じ美麗なお椀形《わんがた》をしていたからだ。

礫にしていた結衣を思い出す。結衣の乳首はずっと勃《た》っていた。宙を見つめる瞳はどこまでもすんでいたが、乳首はしこっていた。

恐らく、おなごの下帯の奥は濡らしていたのではあるまいか。

美麗な乳房を鞭打ったときも、躰が高揚で震えた。あのときも射精しそうになっていた。が、結衣に鞭打たれたときのほうが、より危うかった。

耀蔵は香緒里の乳房をむんずとつかんだ。かなりの張りだ。押しこむと、すぐにはじき返してくる。

乳首を勃たせたくて、しゃぶりつく。

「う、うう……」

香緒里がつらそうに眉間《みけん》に縦皺《たてじわ》を刻ませる。

ちゅうちゅうと乳輪ごと吸っていると、香緒里が目を覚ました。

「あ……あ……」

乳首を吸っているのが妖怪だと知り、言葉さえ出せないようだ。

しかし、あれほどまでに嫌われていたとは。そして、あれほどまでに慕《した》われていたとは。

結衣が天保の天女としてあらわれたのは、水野にとってはよかったのかもしれない。

乳輪ごと埋まった乳首を吸いつつ、耀蔵はそう思った。

鬱憤はたまっていると思っていたが、それは予想以上であった。天保の天女があらわれなければ、どこかでもっと爆発していただろう。

天保の天女は敵ではなく、実は味方なのだ。

しつこく吸っていると、乳首が芽吹いてきた。

耀蔵はそこに歯を当てた。そして、がりっと嚙《か》む。すると、ひいいっ、と香緒里が大声をあげた。その声でお民が目を覚ました。上体を起こすなり、乳房に顔を埋めている妖怪を見て、また、ひいっ、と倒れていく。

宮下が縄を持って戻ってきた。

「いかがなさいますか、お奉行」

と聞いてくる。

「ちと、待て。縄はいらぬかもな」

耀蔵はもう片方の乳房に顔を埋め、これまた乳輪ごと乳首を吸いはじめる。

香緒里の躰ががくがく震えている。が、逃げようとはしない。逃げても無駄というよりも、躰が動かないのだろう。

耀蔵の腕の中で小鳥のように震えている。

小鳥はかわいいが、すぐにつまらなくなる。耀蔵は小鳥が好きだとずっと思ってきたが、結衣と出会い、耀蔵に逆らうおなごが好みだと気づきはじめていた。

ああ、坂木結衣……天保の天女……。

左の乳首も勃ってきた。耀蔵は歯を立てる。すると、小鳥の震えが激しくなる。

耀蔵は構わず、がりっと嚙んだ。

第六章　ひとりのおなごに

一

「棒手振《ぼてふ》りの源太と申しますっ。定町廻り同心、倉田彦三郎様にお目通りをおねがいしますっ」

源太は南町奉行所にいた。門番の前で土下座をして、彦三郎に会わせてほしい、と訴えた。

「約束はあるのか」

「ございませんっ」

「しばし、待て」

と、門番が言い、奥に向かって、源太という棒手振りが来ている、と伝える。

八つ（午後二時頃）の鐘《かね》が聞こえてくる。日暮れまで、あとふた刻《とき》ばかりか。

結衣を連れていかないと、お民さんが妖怪に犯される。処女花が散らされる。

絶対、そんなことゆるしてはいけない。

「倉田様はおられぬ。定町廻りに出ておられるのではないのか」

奥からの知らせを受けた門番がそう言った。

いきなり困った。坂木道場は今、誰もいない。床に伏せっていた師範の剣山《けんざん》は、結衣が天保の天女と騒がれはじめて品川に移ったと聞いていた。

そうだ。品川だっ。が、品川と聞いているだけで、具体的な場所は知らない。

金四郎さんだっ。北町のお奉行が、品川の家を用意されたと聞いている。

「北町だっ」

と叫ぶなり、源太は駆け出した。

彦三郎は両国広小路の喧噪《けんそう》の中を抜け、浅草へと向かう途中のとある仕舞屋《しもたや》に入っていった。

「ごめん。倉田です」

と、格子戸を開き、中に声をかけたが、なんの返事もない。が、人がいる気配は感じた。

彦三郎は、ごめん、ともう一度声をかけ、雪駄《せった》を脱ぎ、中に入った。廊下を進み、座敷をのぞくと、白髪の男が一心不乱に絵筆を動かしていた。

歌川国芳だと思った。金四郎が匿《かくま》っていると言っていたのだ。もしや、逃げた結衣もここにいるのでは、と訪ねていた。

結衣の姿はなかったが、結衣の匂いが彦三郎の鼻孔をかすめた。

「倉田彦三郎と申します」

「ああ、結衣様の思い人か。隣で寝ておるぞ」

筆を動かしつつ、国芳がそう言った。

「なにゆえ、思い人と……」

「彦三郎様、彦三郎様と寝言がうるさくてな。ひと晩 磔《はりつけ》にされて、見世物にされて、さすがの天保の天女も疲れているようだ。裸で大刀を持っている絵を描いている途中で倒れてしまってな」

「結衣どのが倒れたっ」

「大丈夫だ。疲れているだけだ。口吸いでもしてやってくれ。しかし」

と言って、はじめて国芳が絵筆を止めて、こちらを見た。

「処女花は決して散らしてはならぬぞ」

「えっ」

「生娘《きむすめ》でなくなると、天保の天女の神通力も衰えてしまう。それは今の江戸にとってよくないことだ。わかるな、倉田様」

「江戸のため……」

「わかっていると思うが、もう結衣様はそなただけの結衣様ではないのだ」

「私だけの結衣どのでは……ないと……」

「まあ、そなたも男だ。どうしても突き破りたくもなるかもしれぬ。が、破るということは、水野忠邦の改革に賛同することになる」

「そんな……」

国芳はにやりと笑い、そして絵に戻る。

「は、はだか……」

国芳が描く天保の天女はおなごの下帯《したおび》さえつけていなかった。おなごの割れ目もあらわに大刀を構え、すんだ瞳で宙を見つめていた。

美しかった。国芳が描くと、より崇高《すうこう》さを感じた。乳首も出し、割れ目まで出しているのに、崇高だった。

これぞ女神だと彦三郎も思った。確かに、女神の処女花を散らすのは覚悟がいる。

「ああ、彦三郎様っ」

隣から結衣の声がした。

「結衣どのっ」

彦三郎は、ごめん、と頭をさげ、襖《ふすま》を開いた。すると、むせんばかりの結衣の匂いが襲ってきた。

結衣は床に寝ていた。寝巻を着ていたが、前がはだけ、乳房もおなごの割れ目もあらわになっていた。

「ああ、ああ、彦三郎様っ……どこに、ああ、どこにっ」

夢を見ているのか。結衣は大量の寝汗をかいていた。

彦三郎は結衣に近寄り、枕もとに置かれている手ぬぐいを手にすると、額の汗を拭《ぬぐ》っていく。

「結衣どの、彦三郎はここにいるぞ」

と言って、結衣の手を握る。すると、結衣が強く握り返してくる。

起きているのか、と思ったが、違うようだ。

「ああ、彦三郎様……抱いてください……ああ、彦三郎様っ」

目を閉じたまま、結衣がそう言う。寝言だ。いったい、どんな夢を見ているのか。抱いてとねだる結衣の表情は苦悶《くもん》に満ちていた。夢の中でつらい目にあっているように感じられる。

「妖怪か……」

とつぶやくと、

「おのれっ、妖怪っ」

と、結衣が手を放し、そして腕をふった。磔から逃れたあと、鳥居耀蔵を鞭打《むちう》
った姿が彦三郎の脳裏に浮かぶ。あのときの、満座の驚きと歓声は凄《すさ》まじかった。

「妖怪めっ」

結衣は腕をふりつづける。それにつれ、たわわな乳房がゆったりと揺れる。谷
間に浮いた汗の雫《しずく》が次々と底へと流れていく。

乳首はつんととがったままだ。国芳の絵でも勃《た》っていた。磔にされているとき
も、ひと晩中、とがらせていた。

すんだ瞳を見せつつも、乳首は勃っていた。おなごにしてほしい。処女花を散
らしてほしい、と訴えているのではないのか。

「結衣どの」

彦三郎は思わず、結衣の乳房をつかんでいく。すると、汗ばんだ肌が手のひら

に吸いついてくる。

そうなると、もう放せなくなる。そのまま揉《も》みこんでいく。すると、とがりきった乳首を手のひらで押しつぶす格好となり、はあっ、と結衣が火の息を吐く。

彦三郎はそのまま揉んでいく。美麗なお椀形《わんがた》が、彦三郎の手で淫《みだ》らに形を変えていく。

「あ、ああ……彦三郎様……どこに……いらっしゃるのですか……ああ、お会いしたい……」

ここにいます、と起こそうと思ったが、もっと寝言を聞いていたいという気になる。

もう片方のふくらみもつかんでいく。こちらもしっとりと手のひらに吸いついてくる。

ふたつのふくらみを揉んでいく。すると、結衣が彦三郎の手の甲におのが手のひらを重ねてくる。そして、

「もっと、強く……ああ、妖怪……もっと、強くだっ」

と、いきなり大声をあげる。

鳥居耀蔵に揉まれている夢を見ているのか。

「あ、ああ……おのれっ……耀蔵っ……ううっ」

眉間《みけん》に苦悶の縦皺《たてじわ》が刻まれる。苦しそうだ。起こしたほうがいいのでは、と乳房から手を放し、肩をつかみ、結衣どの、と揺さぶる。

二

すると、結衣が目を見開いた。

怪訝《けげん》な顔で彦三郎を見つめる。

「よ、妖怪ではない……」

「彦三郎だっ、結衣どのっ」

「えっ、ああ、彦三郎様っ」

結衣が彦三郎にしがみついてきた。ぐっと引き寄せられ、そのまま仰向《あおむ》けの結衣に重なっていく。

結衣のほうから口吸いを求めてきた。やわらかな唇を感じたと思った刹那《せつな》、ぬらりと舌が入ってくる。熱い息とともに、ねっとりと舌がからんでくる。

「う、うう……うんっ、うう……」

ぴちゃぴちゃと淫らな舌音をたてて、お互いの舌を貪《むさぼ》っていく。

「ああ、彦三郎様っ」

結衣がじっと見あげてくる。

「なにもできなくて、すまなかった、結衣どの」

「抱いてください」

まっすぐ見あげ、結衣がそう言う。

「だ、抱く……」

まぐわうということか。彦三郎も望むところだ。

「磔にされているとき、ずっと槍《やり》が私の女陰《ほと》を狙《ねら》っていました。逃げなかったら、今頃、あの槍で……処女花を……散らされていました」

そう言って、またしがみついてくる。

「槍で散らされたら、生きていけないところでした。今、彦三郎様の魔羅《まら》で散らしてください」

そう言うと、結衣が彦三郎の着物の帯に手をかけてきた。結び目を解《ほど》くと前をはだけ、股間に手を伸ばしてくる。

いつにない積極的な行動に、彦三郎は面食らう。

「下帯を取ってください」

と、結衣に言われ、彦三郎は上体を起こすと、着物を脱いだ。下帯に手をかけ、脱いでいく。すると、はじけるように魔羅があらわれた。結衣との口吸いで一気に大きくなっていた。

「ああ、彦三郎様」

結衣も起きあがり、膝立《ひざだ》ちの彦三郎の股間に美貌《びぼう》を埋《うず》めてくる。

「あっ、結衣どの……」

いきなり先端を咥《くわ》えられ、彦三郎は腰を震わせる。くびれまで咥えると、強く吸ってくる。

「あ、うう……」

鎌首《かまくび》ごと吸い取られそうな勢いに、彦三郎は驚く。結衣はそのまま反り返った胴体まで呑《の》みこみ、根元まで唇をさげた。

彦三郎の魔羅が結衣の口にすべて包まれた。

それだけで、彦三郎は暴発させそうだ。すでに、結衣はただの武家女ではなくなっている。江戸の民を魅了している天保の天女様なのだ。

今、彦三郎はあろうことか天保の天女様の口に、魔羅を委《ゆだ》ねているのだ。

これはたいそう恐れ多いことではないのか。俺ごとき不浄役人《ふじょう》が魔羅を委ねてもいいのか。

そんな愚かなことを考え出すと、魔羅から力がなくなっていく。

すると、異変を感じたのか、結衣が激しく美貌を上下させはじめる。

「うんっ、うっんっ、うんっ」

なんとも悩ましい吐息を洩《も》らしつつ、天保の天女が懸命に魔羅を吸ってくる。

が、一度気持ちが乱れると、もろに勃起に影響してくる。この魔羅を見たら、鳥居耀蔵に、肝《きも》が据わっておらぬぞっ、と怒鳴られるだろう。

妖怪の顔が脳裏に浮かび、一気に魔羅が萎《な》えていく。

結衣が股間から美貌を引いた。

「彦三郎様……」

なにゆえ、小さくさせたのですか、とすんだ目で問うてくる。

「結衣どのっ」

彦三郎は結衣を押し倒し、剝《む》き出しの股間に顔を埋めていった。萎えている魔羅を見せたくなかったのだ。今の気持ちがもろわかりだから……。

顔面が結衣の匂いに包まれる。ただの体臭ではない。女陰からにじみ出ている発情した牝《めす》の匂いだ。一日磔にされて、大勢の男たちの視姦《しかん》を受けてきた牝の匂いだ。

彦三郎は舌を出し、割れ目をなぞった。それだけで、

「はあっ、あんっ」

と、結衣が敏感な反応を見せる。やはり、今日の結衣はいつもとは違う。

彦三郎はおさねをぺろりと舐《な》める。するとうんっ、と声をあげて、結衣が腰をせりあげてくる。

彦三郎はそのままおさねを口に含み、じゅるっと吸う。

「あうっ、ううんっ」

結衣の腰ががくがくと上下に動き、割れ目からにじみ出ている牝の匂いがさらに濃くなってくる。それは心を乱して萎えさせている彦三郎の牡《おす》の本能を強烈に刺激してくる。股間に新たな劣情の血が集まってくる。

もっと嗅《か》ぎたい、と彦三郎は天保の天女の処女の割れ目をくつろげる。

するとむせんばかりの牝の匂いが襲ってきた。

「ううっ」

とうなりつつ、彦三郎は顔面を処女の花びらにこすりつけていく。

「あ、ああっ、彦三郎様っ」

結衣のほうからも、股間をせりあげてくる。彦三郎の鼻が処女の花びらに包まれる。そこは蜜でぐしょぐしょだ。

彦三郎は鼻でぐりぐりと花びらを責める。

「ああっ、ああっ、彦三郎様っ」

彦三郎の魔羅は一気に勃起を取りもどしていた。

「彦三郎様っ、鼻はいやですっ。もう、鼻はいやっ」

魔羅が欲しいと言っているのだ。しかし、入れたら、天保の天女としての神聖さが失われてしまう。

——わかっていると思うが、もう結衣様はそなただけの結衣様ではないのだ。

結衣の処女花はすでに彦三郎だけのものではなくなってしまっている。

——まあ、そなたも男だ。どうしても散らしたくもなるかもしれぬ。が、散らすということは、水野忠邦の改革に賛同することになる。

賛同などしたくない。奢侈《しゃし》禁止令は即刻やめてほしいのだ。そのためには、結衣の神通力が必要なのだ。

「魔羅を、はやく魔羅を。結衣をおなごにしてください、彦三郎様」

股間から見あげると、結衣がこちらを見ている。その瞳が妖《あや》しく絖《ぬめ》っている。結衣は心の底から、彦三郎の魔羅を欲しているのだ。おなごとしての幸せを求めているのだ。もう充分、江戸の民のために尽くしたではないか。今日はもう、ひとりのおなごに戻ってもゆるされるのではないか。

彦三郎は魔羅をしごくと、結衣の割れ目に当てていく。

これでよいのか……おのれの欲望のために天保の天女を失ってもいいのか……いや、入れるのだ。ここで入れなくて、いつ入れる。

迷いが股間にあらわれる。魔羅が萎えていく。まずいっ、とあわてて鎌首を割れ目に押しつける。が、処女の扉は萎えつつある魔羅では開けない。

「彦三郎様っ」

「結衣どのっ」

あせればあせるほど、萎えていく。

するとまた、結衣が上体を起こし、股間に美貌を埋めてきた。魔羅が結衣の口の粘膜に包まれる。それだけで暴発しそうだ。

「うんっ、うんっ」

結衣は欲しがる目で彦三郎を見あげつつ、懸命に吸っていく。その顔は磔にされたときの天保の天女の顔ではなくなっていた。魔羅を求めるひとりのおなごの顔になっていた。

入れるぞっ。彦三郎の魔羅が一気に力を戻してくる。

「う、うぐぐ……」

結衣が苦しそうにうめき、唇を引いた。

「ああ、こんなにたくましくなられて……うれしいです」

「結衣どのっ」

抱き合い、すぐに結衣を押し倒す。そして、ぐっと両足を開くと、あらためて鎌首を割れ目に当てていく。

ふうっ、と深呼吸をする。

あせるな。あせるから土壇場《どたんば》で駄目になるのだ。落ち着け。よし、入れるぞ。

ぐっと突き出そうとしたとき、

「結衣様っ、大変ですっ。助けてくださいっ」

と叫びながら、源太が襖を開いてきた。

「あっ、結衣様……」

「源太……あっ、金四郎さんも……」

源太の背後には、北町奉行もいた。

「結衣様っ、処女を、処女を守ってくださいっ」

と、源太が叫ぶ。

「いや、しかし……」

構わず入れようかと思ったが、どんどん萎えていく。

「香緒里さんとお民さんの処女花が、妖怪に散らされてしまうんですっ」

「えっ、香緒里さん……」

「出入りの大店《おおだな》のお嬢さんと女中さんなんですっ。日暮れまでに結衣様を連れていかないと、お民さんの処女花が妖怪の魔羅で……」

そこまで言うと、源太がひっくり返った。金四郎が背後より抱き止める。

「源太っ」

彦三郎は魔羅を揺らしつつ、源太に寄った。結衣も起きあがり、乳房を揺らしつつ、源太に近寄る。

起きろっ、と平手を見舞うと、源太は目を開き、

「妖怪は今、回向院の裏手の家で結衣様を待っています」

と言った。

三

「そうだ。なかなか筋がよいぞ、香緒里」

鳥居耀蔵は座敷であぐらをかいていた。すでに裸で魔羅を突き立てている。その魔羅に、右手から香緒里が左手からお民が美貌を寄せていた。

今、香緒里が裏すじに舌腹を這《は》わせている。お民は胴体を舐めている。

香緒里もお民もすでに裸だった。お民も豊満な乳房の持ち主であった。

両腕は縛っていない。縛らなくても従順なのだ。ひとにらみしてから、ずっと耀蔵の言いなりになっている。江戸の民はたいていこんなものだ。天保の天女に先導されているときは改革に反対と叫んでいるが、一対一で耀蔵と会えば、みなおとなしく妖怪の言いなりになる。

「どうだ、味は」

と、耀蔵が聞く。

「お、おいしいです……」

と、香緒里が答え、お民も、おいしいです、と言う。

「妖怪の魔羅はうまいか」

わざと聞く。すると、香緒里とお民の裸体がぶるぶる震え出す。競うように、
鎌首に舌をからめてくる。香緒里とお民の舌が触れるが、構わず舐めつづける。

「妖怪の魔羅はおいしいです、と言ってみろ」

「そのようなことは……申し訳ございませんっ、お奉行様っ」

と、香緒里が土下座をし、お民も並んで額を畳にすりつける。

宮下はぎらぎらした目を、香緒里とお民の尻に向けている。

玄関で人の気配がした。

「来たか」

と、耀蔵が言うなり、座敷の襖が開き、坂木結衣が姿を見せた。

「鳥居耀蔵っ、ふたりを放しなさいっ」

結衣の声に、土下座をしていた香緒里とお民は、はっと面《おもて》をあげ、背後を見た。

「あっ、天保の天女様っ」

今度は結衣に向かって頭をさげる。

「ふたりとも、もう案ずることはありません。さあ、こちらに」

と、結衣が言う。宮下は刀に手をかけ、鯉口《こいぐち》を切っている。

香緒里とお民は顔をあげ、耀蔵を見つめた。

「なにをしている。続きだ」

と、耀蔵がふたりの唾《つば》でねとねとの魔羅をぐいっとしごく。

すると、香緒里とお民は耀蔵の魔羅へと美貌を寄せはじめる。

「なにをしているのですっ。もう、そのようなことはしなくてもよいのですっ」

と、結衣が叫ぶなか、香緒里とお民が鎌首に舌を這わせていく。

「どうじゃ、結衣。これが現実じゃ。南町奉行が魔羅を出せば、江戸のおなごはみな、ひれ伏すのじゃ」

鈴口から先走りの汁がにじみはじめる。さきほどまでは一滴たりとも出ていなかった汁が、結衣を前にしたとたん、にじみはじめたのだ。

それを香緒里とお民が競うように舐めはじめる。

「香緒里さん、お民ちゃん……こっちに来るんだ。天保の天女様がいらしたから、もう妖怪に仕える必要はないんだ」

結衣の脇に立つ源太がそう言う。

「なにが妖怪だ」

ぎろりと耀蔵がにらむ。すると源太が、ひいっ、とあとずさりする。

「妖怪の汁など舐めてはいけませんっ。躰《からだ》が穢《けが》れますっ」

と、結衣が叫ぶ。

結衣は小袖《こそで》姿だった。漆黒《しっこく》の髪は背中に流し、根元をひとつに結んでいる。腰には一本差している。

「さあ、こちらに来てっ」

と、結衣が言う。香緒里とお民が先走りの汁を舐めつつ、耀蔵を見あげる。

「結衣、おまえも加われ」

と、耀蔵は言う。

「ふたりを放つのが先です」

「見てみろ。なにも縛っておらぬのだ。ふたりは自分たちの意志で、喜んでわしの、南町奉行鳥居耀蔵の魔羅を舐めているのだ」

結衣が悔《くや》しそうな表情を浮かべる。すると、どろりと先走りの汁が出る。耀蔵は香緒里とお民の舌ではなく、結衣の顔に昂《たかぶ》っていた。結衣なら、顔だけで射精できるだろう。

特に、悔しそうな顔がそそる。

結衣がこちらに足を向ける。

「刀は宮下にわたすのだ」

と、耀蔵は言う。結衣は耀蔵をにらみ、そして腰から鞘《さや》ごと大刀を抜いた。宮下にわたす。そして、こちらに来る。

「なにをしている、結衣。裸じゃ。わしの魔羅を舐めるおなごはみな裸じゃ」

「香緒里さん、お民さん……はやく逃げて」

と、結衣が言うが、耀蔵の妖気《ようき》に当てられているふたりは魔羅から離れない。

結衣が帯に手をかけた。結び目を解くと、さっと小袖の前をはだける。急いで来たのだろう、晒《さらし》もおなごの下帯もつけていなかった。

いきなり乳房とすうっと通った割れ目があらわれる。それは、これまで一度も開いていないかのようにぴっちりと閉じている。

それを目にして、まだ、生娘のままだ、と安堵《あんど》する。

乳房には無数の鞭の痕《あと》がついていたが、かなり薄くなっていた。乳首はつんととがっている。

全裸となった結衣が、香緒里の横に膝をつく。結衣の美貌が迫ると、香緒里が、あっ、と声をあげ、

「天女様っ」

と、頭をさげる。

結衣が香緒里のあごを摘《つ》まむと美貌を上向かせ、そして唇を寄せていった。次の刹那には、結衣の唇と香緒里の唇が重なっていた。

「あっ、結衣様っ、お嬢さんっ」

源太が驚きの声をあげて、にじり寄ってくる。

結衣が香緒里の唇を突き、開かせると、唾を流しこんでいった。

香緒里は裸体を震わせつつ、天保の天女から注がれた唾を嚥下《えんか》する。

「これで妖怪など怖くなくなったでしょう、香緒里さん」

結衣がまっすぐ香緒里を見つめ、そう問う。香緒里はうっとりとした顔で、結衣を見つめている。

「お民さんも」

結衣がお民の腕をつかみ、ぐっと引き寄せると唇を奪った。ぬらりと唾を注ぐ。

お民は裸体を震わせつつ、それを受けている。

「ああ、結衣様、お民ちゃん」

源太はそばまで寄っていた。唇を重ねている結衣とお民を惚《ほう》けたような顔で見ている。

結衣が唇を引くなり、お民があっと倒れた。源太が抱き止める。そのとき、背後より乳房をつかんでしまう。

「ああ、お民ちゃん……」

手のひらからはみ出すようなふくらみに、源太は昂る。

「三人とも縛れ」

と、耀蔵は言う。はっ、と宮下が縄を持ち、寄ってくる。香緒里の二の腕をつかみ、引き寄せる。

「放しなさいっ。私はここにいるのです。縛る必要などありませんっ」

結衣がすんだ瞳で耀蔵を見つめ、そう言う。

耀蔵は思わず、そんな結衣に見惚《みと》れてしまう。

なんて気高い武家女なのか。ここで処女花を散らすつもりでいたが、それは結衣の魅力を消すことになるのでは、と思わずためらってしまう。

「縛れ」

と、耀蔵は言い、宮下が香緒里の両腕をねじっていく。

「天女様……」

と、香緒里がすがるように結衣を見やる。

「みなを放しなさいっ。さあ、すぐに私の処女花をその魔羅で散らすがよいっ」

結衣がその場でごろりと仰向けになった。両膝を立て、大胆に開いていく。

「結衣様っ」

お民の乳房をつかんだまま、源太が驚きの声をあげる。

これには耀蔵も目を見張った。天を衝《つ》く魔羅が無防備な割れ目を見て、ひくひく動く。

「さあ、その魔羅で散らすがよい」

結衣はすんだ瞳で耀蔵を見あげている。さすがの耀蔵も思わず腰を引いた。

「どうした、妖怪。怖気《おじけ》づきましたか」

結衣はさらに大きく両膝を開いていく。それでも、処女の扉はぴっちりと閉じたままだ。

「なにをしているっ、宮下っ。縛るのじゃっ」

動揺する心を誤魔化《ごまか》すように、耀蔵は宮下をどなりつける。はっ、と宮下が香緒里の二の腕に縄をまわしていく。

「私の、天保の天女の処女花が欲しいのでしょう。香緒里さんとお民さんの処女花には用がないはずです。さあ、突くのですっ、鳥居耀蔵っ」

耀蔵は膝をついた。そして結衣の両膝をつかみ、魔羅の先端を割れ目に向けていく。

「あうっ」

と、香緒里がうめく。結衣同様に美麗なお椀形の乳房の上下に、どす黒い縄が食い入っていく。

鎌首が割れ目に触れた。

「やめろっ」

と叫び、源太がお民の裸体を耀蔵にぶつけていった。気を失ったままのお民が耀蔵の腰に倒れこんでいく。

鎌首が割れ目からはずれた。

「邪魔するなっ」

耀蔵はお民の首に両腕をまわし、締めあげていく。

「なにをするっ、鳥居耀蔵っ」

結衣があわてる。

その顔だ。その顔だ、結衣っ。

「結衣も縛れ」

と、宮下に命じる。はっ、と宮下があらたな縄を持ち、上体を起こした結衣に迫る。

「両手をまわせ」

と、宮下が言う。

「なにゆえ、入れなかった」

「邪魔が入ったからじゃ」

違っていた。邪魔が入ったのをよいことに、耀蔵はそれを利用したのだ。鎌首を割れ目にめりこませようとした刹那、一気に萎えるのを感じていた。

まずい、と思ったとき、源太がお民の裸体をぶつけてきたのだ。

今、結衣の狼狽《うろた》えた表情を見て、勃起は取りもどしていた。萎えかけたのはほんの一瞬だ。誰にも気づかれていないだろう。

「両手をまわせ、結衣」

と命じつつ、耀蔵はぐいっとお民の首を絞めていく。すると、お民が目を覚ました。ううっ、とうめき、ばたばたと両手を動かす。

「やめなさいっ」

と言い、立ちあがった結衣が両腕を背中にまわした。すかさず宮下が交叉《こうさ》させた両手首に縄をかけていく。

　両手首を縛った縄を、二の腕にまわしていく。二の腕に縄が食い入るのを見るだけで、耀蔵の魔羅はひくつく。お椀形の乳房に食い入ったときには、鋼《はがね》の硬さに戻っていた。

「縛らないと、おなごも抱けないのですか、鳥居様」

　結衣がすんだ目でそう言う。

「なんだとっ」

　さらにお民の首を締めあげていく。

「やめろっ。お民ちゃんに手を出すなっ」

　と、またも源太が耀蔵につかみかかっていく。すると宮下が、なにをするっ、と背後からうなじに手刀を打つ。

　ぐえっ、と源太が膝から崩れると同時に、お民も白目を剝いて、崩れていった。

「縛っておけ」

　と、宮下に命じ、耀蔵は結衣に迫る。結衣が天を衝く魔羅を見る。

　どうだ、結衣、わしの魔羅は。

　びんびんに勃起していると、余裕が出てくる。余裕を失ったのは、あの萎えた一瞬だけだった。

わしとしたことが、処女花を散らすことにためらうとは……。

「どうして、すぐに処女花を散らさないのですか、鳥居様。自分の魔羅で破るために、わざと逃がしたのでしょう」

結衣がそう言うと、源太をうしろ手に縛っていた宮下も、こちらを見た。

「わざと逃がすなどありえぬ」

「さあ、散らしなさい」

今度はうしろ手に縛られ、立ったまま両足をひろげていく。

耀蔵の目が割れ目に向かう。ぴっちりと閉じたままの割れ目だ。

散らすのだ。なにゆえためらっている。結衣の言う通り、おのが魔羅で散らすために、満座の中で恥をかいたのではないのか。

この失態で、南町奉行の職を解かれるかもしれないのだ。職を賭《か》けて、結衣の処女花を我がものにしようとしているのだ。

今、そこにあるのだ。耀蔵の魔羅は天を衝いている。入れるしかない。散らすしかない。

耀蔵は結衣に迫った。蹴《け》りは警戒しなかった。結衣は自分の処女花で、香緒里とお民の処女花を守るつもりなのだ。

耀蔵が職を賭けて槍から守った処女花を、大店の娘とそのお付きの女中のために差し出そうとしているのだ。

耀蔵は結衣の腰をつかんだ。結衣はじっと耀蔵を見つめている。魔羅は反り返ったままだ。鎌首を割れ目に当てていく。すると、

「おやめくださいっ」

と、倉田彦三郎が飛びこんできた。

彦三郎を見た刹那、突き破る衝動が強く起こった。彦三郎に背中を押されるように、耀蔵はぐいっと鎌首を突き出していった。

が、割れ目が開かなかった。

どうしたっ、と耀蔵はあわてて、突いていく。が、処女の入口を捉えることができず、おなご知らずのようにむやみやたらに突いて出た。

「なりませんっ」

と、彦三郎が耀蔵に抱きついてきた。

耀蔵は的確に穴を捉えることができずによろめいた。

「倉田っ、お奉行になにをするっ」

宮下が彦三郎を羽交《はが》い締《じ》めにする。

が、宮下の腕はすぐに解かれた。結衣が背後より、股間に蹴りを入れたのだ。

ふぐりを蹴られ、一撃で崩れていく。

「彦三郎様っ、邪魔ですっ」

と叫ぶなり、結衣がすらりと長い足を耀蔵に向けて、ふりあげてきた。

耀蔵は結衣の股間に見入っていた。

なにゆえ、一発で仕留めることができなかった。これまで一度も魔羅をはずしたことがないのだ。

なぜだっ、と割れ目を凝視していると、わずかに開いた。桃色の粘膜を目にした刹那、あごに結衣の足の先が炸裂《さくれつ》した。

ぐえっ、と耀蔵は背後に倒れていった。

倒れつつ、耀蔵の脳裏には、きらきらと光る処女の粘膜が焼きついていた。

四

鳥居耀蔵は水野忠邦の屋敷にいた。

奥の座敷で、水野が姿を見せるのを待っていた。隣には北町奉行の遠山景元もいた。

もしや、天保の天女を逃がした非により、耀蔵は南町奉行の職を解かれ、遠山景元が南町奉行も兼務するのではないのか。いや、それはありえぬ。

水野が入ってきた。耀蔵と遠山が平伏する。

「面をあげい」

と、水野が言い、耀蔵は顔をあげる。妖怪の心まで射貫《いぬ》くような鋭い眼光でにらんでくる。耀蔵は終わったと思った。結衣の処女花に取り憑《つ》かれたあげく、南町奉行の職を解かれるとは……。

「鳥居、よくやった」

と、水野が言った。

「えっ……」

聞き間違いだと思った。今、よくやった、とお褒《ほ》めになられたような気がする。

それはありえない。褒められることなど、ひとつもしていない。

「満座の中で、天保の天女をわざと逃がしたのだろう」

「………」

「いや、あっぱれな判断であった」

「ご老中……」

「江戸の民がこれほどまでに、奢侈禁止令に対して鬱憤《うっぷん》をたまらせているとは予想以上であった。あの場で江戸の民の気持ちを代弁している天保の天女の女陰を槍で突き破ったら、恐らく今頃、江戸の町は焼きつくされていたやもしれぬ」

「焼きつくす……」

「それを判断して、馬であらわれ、自分が打たれるために鞭まで用意するとは、さすがじゃ、鳥居」

「お褒めの言葉、恐悦至極《きょうえつしごく》に存じます」

さすが水野様だ、と耀蔵は感服していた。

そうなのだ。わしは処女花ねらいではなく、高等な判断により、わざと逃がしたのだ。

「ここ数日は、江戸の民のばか騒ぎも見逃してよい。が、そのあとは、これまでよりさらに厳しく奢侈禁止令を遂行するのだ。いいな、鳥居」

はっ、と耀蔵は畳に額をこすりつけた。

「遠山」

はっ、と隣で金四郎が返事をする。

「江戸三座、取り壊しの件、そなたが提案した通り、浅草に移させることにしようと思う」

「真《まこと》でございますかっ」

「ああ、江戸三座を取り壊すと、また大騒ぎになるからな」

「ありがとうございます、ご老中。さすがであられる」

金四郎にしては珍しくおべっかを使っているな、と耀蔵はちらりと金四郎を見た。


同じ頃、彦三郎は品川に来ていた。

天保の天女が坂木結衣であると知られた今、もう本郷の道場に戻ることは叶《かな》わなかった。それゆえ、金四郎が用意した父剣山の療養場に、結衣もしばらく住むことになったのだ。

「顔色がよさそうですね」

床から起きた剣山は以前より、加減がよくなっているように見えた。

「おかげ様で、このところ気分がよいのだ」

と、剣山が答える。

「父上に、江戸湊《えどみなと》の潮風が合っているようです」

結衣が穏やかな笑みを見せる。

こんな笑顔を見せることもあるのか、と彦三郎は思った。まだまだ知らない顔がある。

「海はよいな。こうして眺めているだけで、心が落ち着く」

床から上体を起こすだけで、江戸湊を望めた。

さすが金四郎である。よい場所を知っている。

剣山の寝間から彦三郎と結衣は出た。歩きませんか、と言われ、江戸湊ぞいを歩く。

「ほとぼりが冷めるまで、ここで父と暮らそうかと思っています」

「そうか。それがよいかもしれぬな」

結衣は質素な小袖姿で、長い髪は結っていた。漆黒の髪を背中に流して、それを舞わしている印象が強いゆえに、髷を結うと、誰も結衣が天保の天女だとは気づかない。

そもそも江戸の民のほとんどは、生の結衣を目にしていない。両国広小路の礫の場で見た者も、おなごの下帯だけの凄艶《せいえん》な結衣しか知らない。

稳やかな顔をしたこのおなごが、あの天保の天女だと想像すらできないであろう。

実際、彦三郎もそうであった。喧噪の場から遠く離れ、潮風が心地よい場所で結衣を見ていると、すべてのことが妄想だったように思えてくる。

「しかし、またすぐに天保の天女が必要とされるときが来るような気がする」

「そうですね……彦三郎様はいかがですか」

結衣が彦三郎にすんだ目を向けてくる。坂木結衣の瞳はいつも、なにがあっても、どこまでもすんでいる。

これはやはり、生娘だからなのだろうか。

「いかが、というと……」

「天保の天女は処女ゆえに、みなが女神と崇めたてていると思いますか」

「そ、そうであるな……そうかもしれぬし、そうでもないかもしれぬ」

「私は今、ひとりのおなごになりたいです」

と言って、見つめてくる。

これは、処女花を散らしてほしい、と言っているのだ。

「危うく槍でおなごになるところでした」

「そうであるな」

「捕らえた耀蔵に救われましたが、私が生娘である限り、妖怪はすぐにここも探し当てるでしょう。でも、処女を失ってしまえば、私から興味をなくすはずです」

「しかし、天保の天女としての役目が……」

そう言うと、結衣は寂しげな表情を見せた。

彦三郎は結衣の腕をつかむと引き寄せ、そして唇を奪った。

するとすぐさま、結衣のほうからぬらりと舌を入れてきた。結衣の唾は甘かった。彦三郎の舌がとろけていく。ごくりと飲むと、全身へと結衣の唾がひろがっていく。

結衣がしがみついてきた。

「彦三郎様のおなごでいたいです」

「結衣どの……」

再び舌をからめ合う。すぐさま、結衣と繋《つな》がりたかった。が、父上がおられる同じ家でひとつになるわけにもいかない。

婚姻の約束をした関係でもないからだ。婚姻。結衣どのと夫婦《めおと》になるっ。

そばに小屋があった。このあたりの漁師が使っているような小屋であった。

「あそこに」

と、彦三郎は結衣の手を取り、小屋へと向かう。

五

同じ頃、源太は香緒里とお民と出合茶屋にいた。

もちろん出合茶屋など源太も香緒里もお民もはじめてで、出てきたおやじが、ふたりの美女連れの源太を見て、うらやましそうな顔をした。

傍《はた》から見ればうらやましいだろうが、内情はそうでもない。

今、床がひとつ敷かれた四畳半の間にいる。源太も香緒里もお民も床のまわりに正座をしていた。

源太は香緒里とお民に助けてくれたお礼をしたいと言われていた。礼などいらないと言ったが、それではふたりの気が済まないと言われ、出合茶屋に連れていってほしい、と頼まれたのだ。

香緒里とお民の三人でだ。

「源太さんが助けてくれなかったら、今頃、私もお民も……」

香緒里が美しい瞳でじっと源太を見つめつつ、そう言う。

「天保の天女様が助けてくださったんだよ。あっしじゃないよ」

「そんなことはないわ。それで、あの、お礼をしたいの、ふたりで」

「ふたりで……」

「あの、妖怪に教わったことがあって……」

と言って、香緒里がお民と目を合わせ、恥じらうように頰《ほお》を赤くさせる。

「あ、あの……吹いてあげたいの……」

と、香緒里が言い、続けてお民が、

「しゃ、尺八《しゃくはち》を……」

と言った。

「尺八を、ふたりで、ですかい……」

「はい。ふたりじゃないと……いっしょに助けてもらったんだから」

香緒里とお民が目を合わせて、うなずき合う。

「しかし、その……」

「いやかしら。ああ、妖怪の魔羅で穢れてしまった私の唇を魔羅に感じるのはいやかしら、源太さん」

「まさかっ。そもそも、お嬢さんは穢れてなどいませんぜっ」

「じゃあ、いいわよね」

と言って、源太の股間に目を向け、さらに頰を赤くさせる。お民とともに、もじもじさせている。

「立って、源太さん」

「立つ……横になったほうが……」

「えっ……尺八は立った殿方の足下にひざまずいてするものではないの」

と、香緒里が怪訝な顔で聞いてくる。妖怪のとき、そうやって舐めていたから、それが普通だと思っているのだ。

お嬢さんの前で仁王立ち《におうだ》ち。魔羅を突きつけ、見おろしながらしゃぶらせる。

源太は一気に勃起させていた。

「源太さんは横になるのが好みなのかしら」

と、香緒里が聞いてくる。

「いえ……違います」

源太は立ちあがった。床の上に移動して、着物の帯を解いていく。すると、香緒里とお民も床の上に乗ってきた。

源太の足下にふたり並んで膝をつく。

そして、源太を見あげてくる。目が合うと、あっ、とふたりとも視線をそらす。たまらない。ああ、鳥居様、ありがとうございます。いい躾《しつけ》をなさいました。

源太は妖怪に礼まで言い、着物を脱いでいった。褌《ふんどし》だけとなる。それにも手をかけ、香緒里とお民が見あげてくる前で、さっと取った。

魔羅があらわれた。ふたりの鼻先で、ぐぐっと反り返る。

「ああ……すごい……」

香緒里とお民が感嘆の声をあげる。

「妖怪の魔羅と変わらないわね、源太さん」

と、香緒里がじっと見つめてくる。すでに妖怪の魔羅を見ていて、魔羅なれしているようだ。

南町奉行の魔羅と変わらないと言われ、源太の股間にあらたな血が流れる。すると、さらにひとまわり太くなる。

「ああ、源太さん、たくましいわ。たくましいの……す、好き……」

そう言うなり、香緒里が長い睫毛《まつげ》を伏せて、鎌首に唇を寄せてきた。

ちゅっと口づけてくる。

「ああっ、お嬢さんっ」

それだけで、源太は躰を震わせる。はやくも先走りの汁を出してしまう。

「ああ、おつゆが出てきました。お掃除を」

と言って、お民も愛らしい顔を寄せてくる。すると、香緒里が品のいい美貌を引いた。お民が先走りの汁をぺろりと舐めてくる。

「ああ、お民ちゃん……そんな……」

今、鎌首を這っているのは、お民の舌だった。感激と興奮で、舐めるそばからあらたな先走りの汁が出てくる。それをお民は女中らしく、ていねいに舐め取っていく。

「ああ、おいしそう。香緒里も舐めたい」

と、香緒里が言うと、お民が愛らしい顔を引いた。見事な連係だ。

今度はお嬢さんの舌が鈴口に這ってくる。

「あ、ああ……お嬢さん」

これまた感激と興奮で、源太は腰をくなくなさせる。すると、香緒里とお民がうふふと笑う。

「なにがおかしいんですかい」

「だって、源太さん、おなごみたいなんですもの」

香緒里が小さな唇を大きく開いていった。あっ、と思ったときには、鎌首全体を咥えられていた。

「ああっ、お嬢さんっ」

源太はさらに腰をくなくなさせる。すると、お民が、おかしい源太さん、と言いつつ、ふぐりに唇を寄せてきた。

なにをする、と思った刹那、お民がふぐりを咥えてきた。中の玉を舌先でころがしはじめる。

ああ、こんなことまで一度の尺八で教えこんでいるとは。さすが、南町奉行になられるお方は違う、と感心する。

香緒里は鎌首のくびれを唇で締めつつ、鈴口をちゅうちゅう吸ってくる。お民は舌先で玉をころがしつづけている。

たまらなかった。おなご知らずには、刺激が強すぎた。やはり、普段つき合いのあるおなごに尺八を吹いてもらうと、気持ちよさが数倍跳ねあがる。

「うっん、うっんっ……」

香緒里が胴体まで咥えこむ。

お民は右の玉から唇を引くと、すぐさま左の玉に吸いついてくる。

「ああ、たまらねえっ。ああ、そんなにされたら……あっし、もう出そうだっ」

うんうん、と香緒里は美貌を上下させてくる。お民は舌先で玉をころがしつづける。

「あ、ああっ、出ますっ。ああ、お嬢さんっ、出ますっ」

口を引いてくれ、と言ったが、香緒里は根元まで咥えたまま、源太を見あげてくる。その目が、いつもにはない繚りを帯びていた。

香緒里におなごの色気を感じた刹那、源太ははやくも暴発させていた。

「おうっ」

と、雄叫《おたけ》びをあげて、お嬢さんの喉に向けて発射する。

「う、うう……」

香緒里の美貌が歪《ゆが》んだ。吐き出すと思ったが、違っていた。そのまま喉で受けつづける。

「お嬢様」

ふぐりから顔をあげたお民も、精汁を受ける香緒里を驚きの目で見ている。

「おう、おう、おうっ」

脈動が止まらない。雄叫びが止まらない。

源太はお嬢さんの口に大量の精汁を放ちつづけた。

ようやく脈動が鎮《しず》まっても、香緒里は唇を引かなかった。

「ここに」

お民が懐紙《かいし》を出して、香緒里の前にひろげる。

が、香緒里は精汁を喉にためたままでいる。源太のほうから魔羅を引けばよかったが、そんなことはできなかった。わずかでも長く、香緒里の口の中に入れておきたかった。

源太も魔羅を引かず、香緒里も唇を引かないままでいる。ごくんとした気配はないから、まだ口にためたままでいる。

「お嬢様、ここにお出しください」

と、お民が急《せ》かす。が、香緒里は源太の魔羅を咥えたまま、かぶりをふる。

源太の魔羅は大量の精汁を出したのがうそのように、勃起したままでいる。

萎えていけば吐き出すのだろうが、たくましく勃起したままの魔羅は吐き出す気にはならないのか。

香緒里がまた、源太を見あげてくる。いつもはすみきっている瞳が、妖しい絖りを宿している。

「ああ、お嬢さんっ」

香緒里の中で魔羅がひくひく動く。

「えっ、また出すんですかっ。もういけませんっ。それにお嬢様ばっかりなんてずるいですっ」

お民にもくださいっ、とお民が魔羅を咥えたままの香緒里の頬に自分の頬を押しつけてくる。そして、源太を見あげてきた。

お民の瞳も、香緒里ほどではなかったが、いつもとは違い、色気を感じさせた。

「ああ、お民ちゃんっ」

と、源太のほうから魔羅を抜いた。すると、お民がすぐに、精汁まみれの魔羅をためらうことなく咥えてきた。あっという間に、つけ根まで呑みこまれる。

「あ、ああっ、そんなっ」

お民が強く吸いはじめた。その隣で、香緒里がごくんと喉を動かした。

「あっ、お嬢さんっ」

「う、うう……」

出したばかりの精汁を嚥下するお嬢さんを見て、源太の魔羅はお民の口の中でひとまわり太くなる。

「ああ、おいしかったわ、源太さん」

と言って、香緒里が恥じらうように頰を染める。その隣で、お民が源太の魔羅を強く吸っている。

「あ、ああ……ああ……」

お民のほうが、吸いかたがより強い。出したばかりの魔羅ゆえに、くすぐったさもあり、じっとしていられない。

うふふ、とまた香緒里が笑う。笑いつつ、唇についた精汁をぺろりと舐める。

「ああっ」

出そうになった。が、ぎりぎり出さなかった。すると、お民が、どうしてですか、という目で見あげてくる。

お民も口に欲しいのだ。飲みたいのだ。

なんてことだっ。

六

小屋の中は魚臭かったが、お互い裸になっているうちに、結衣の甘い匂いが勝りはじめた。

下帯を取ると、魔羅があらわれる。ついにまぐわえると思うと、緊張が勝って、半勃ち状態だった。するとすぐに、結衣が彦三郎の足下にひざまずき、いきなり先端を咥えてきた。

「ああっ、結衣どの……」

鎌首が結衣の口の粘膜に包まれるだけで、彦三郎は躰を震わせる。

結衣がそのまま胴体まで咥え、美貌をさげていく。瞬《また》く間に、彦三郎の魔羅は結衣の口の中に消えた。

根元まで咥えたままで、結衣が吸ってくる。優美な頬がぐっとへこみ、ふくらみ、またへこむ。

すると緊張で今ひとつだった魔羅が、ぐぐっと太くなっていく。

結衣が美貌を上下させつつ、彦三郎を見あげてくる。その目は、すぐにでも欲しい、と告げていた。

そうだ。勃起したら、すぐに入れないと、また邪魔が入るかもしれない。

彦三郎は結衣の唇から魔羅を抜いた。唾がねっとりと糸を引く。それを結衣がじゅるっと吸い取った。

「結衣どのっ」

と、彦三郎はその場にしゃがむと、結衣の裸体を抱きしめた。胸板に結衣の乳房を感じる。結衣の乳首と彦三郎の乳首がこすれ合う。

結衣の裸体全体から、なんとも言えない甘い匂いが立ちのぼっている。結衣の躰は熱かった。魔羅が欲しくて、昂っているのだろうか。

結衣を板間に押し倒していく。魚臭くなる気がしたが、もう場所を変える余裕もない。

両膝をつかみ、立てると、ぐっと開いた。相変わらず、結衣の入口はぴったりと閉じている。

「参るぞ、結衣どの」

「はい。結衣の処女花を捧げます」

彦三郎が魔羅の先端を割れ目に当てると、

「結衣様っ」

と、小屋の外から男の声がした。

「誰だ……」

「はやく、ください」

「結衣様っ、いかんぞっ。まぐわってはいかんぞっ」

国芳だっ。結衣の裸体の絵を描いていた歌川国芳だっ。しかし、国芳がどうしてここに。

「はやく、彦三郎様っ。結衣はおなごになりたいのです」

「そうであるな」

と、割れ目に鎌首を押しつける。割れ目が開いたと思ったが、鎌首が押し返されてしまう。

「結衣様っ、どこだっ。倉田様といっしょなのだろうっ。いかんぞっ。倉田様っ、散らしてはいかんっ」

国芳の声が迫ってくる。

彦三郎はあせりつつ鎌首を突くが、まったく捉えることができない。そうこうしているうちに、力強さがなくなっていく。

小屋の扉が開いた。

「あっ、結衣様っ……遅かったかっ」

と言いながら、国芳が入ってきた。結衣の美貌ではなく、股間に目を向ける。

彦三郎の魔羅が割れ目に押しつけられてはいたが、半勃ちまで萎えていた。蜜にもまみれていない。

それを見て、国芳が安堵した表情を浮かべた。

「彦三郎様っ、くださいっ」

結衣のほうから割れ目を鎌首に押しつけてくる。が、どんどん萎えていく。

「結衣様、そなたの処女花は、もうそなただけのものではないのだ」

そう言いつつ、国芳が剝き出しの割れ目をすうっとなぞる。

すると、あっ、と結衣が声をあげる。

「処女でなくなれば、天保の天女の神通力も衰える」

と言いつつ、割れ目をなぞりつづける。

「あっ、私は……ああ、ひとりのおなごとして……ああ、生きたいのです」

「それは無理だぜ、結衣どの」

と言いながら、金四郎が入ってきた。

「金四郎さん……」

「国芳さんが、結衣どのの処女花が危ない、と言い出してな。結衣どののところに連れていってくれと頼まれて、品川まで来たんだ。剣山どのに聞くと、倉田どのが訪ねてきて、ふたりで消えたと言われてな、ふた手に別れて、江戸湾ぞいを探していたのだ」

「処女のままだ」

と、国芳が言い、それはよかった、と金四郎が笑顔を見せる。

「金四郎さん……私は彦三郎様の魔羅でおなごになります」

結衣が起きあがり、魔羅をつかんだ。ぐいぐいしごくも、金四郎と国芳に見つめられては勃起することもなかった。

「江戸の民のためには、これでよいのだ」

と、金四郎が言い、そうだな、と国芳もうなずいた。

コスミック・時代文庫

天保艶犯《てんぽうつやはん》科帖《かちよう》
天女の錦絵

【著 者】
八神淳一《やがみじゅんいち》

【発行者】
杉原葉子

【発 行】
株式会社コスミック出版
〒154-0002 東京都世田谷区下馬 6-15-4
代表 TEL.03(5432)7081
営業 TEL.03(5432)7084
FAX.03(5432)7088
編集 TEL.03(5432)7086
FAX.03(5432)7090

【ホームページ】
http://www.cosmicpub.com/

【振替口座】
00110-8-611382

【印刷/製本】
中央精版印刷株式会社

ISBN978-4-7747-6279-1 C0193